編集長殺し

Killing
Editor In chief
Ougyo Kawagishi
Presents

川岸殴魚 illust クロ
Ougyo Kawagishi Kuro

「カバーで
気をつけることって
なんでしょうか」
川田 かわた

「ごちゃごちゃさせないことかな?」
岩佐《いわさ》
カンゾー

「キラキラさせるんよ！
SSR感なんよ！」
井端《いばた》

「むにゃ？……タイトルを忘れない……ぐう」
浜山《はまやま》

星井《ほしい》

「自分のセンスを信じなさい。
大丈夫、責任はあなたがとるんだから♥」

性悪説
「カバーできたんだ。ふうん?」
編集長

編集長殺し
1 「初版五百部のオーラね」 P.11
2 「作家の生殺与奪の権利は私のものだから」 P.43
3 「あんたの目はアニメ鑑賞専用だっけ?」 P.75
4 「なんか、ちょっとシケってるし。ふざけてるなら殺すよ」 P.103
5 「ラーメンを食べさせろって言ってるの! この無能!」 P.129
6 「このキャラなんだけどさ、殺せない?」 P.157
7 「部下を見たら給料泥棒と思え」 P.183
8 「川田、ギ報の担当やって」 P.207
9 「クビを切って、声帯を引きずり出し、弱火でコトコト煮込む!」 P.227
10 「大晦日にお疲れ、これでも食べな」 P.249
中学館
ギギギ文庫編集部
川田 桃香
Killing Editor In chief
Ougyo Kawagishi Presents
Design
Yuko Mucadeya
+Caiko Monma
(musicagographics)

井端《いばた》さくら《さくら》

ギギギ文庫の編集者。
ヲタク。眼鏡をとると
意外に可愛いと噂。

岩佐《いわさ》彩芽《あやめ》

ギギギ文庫の編集者。
過激だけど適当なひと。
漢方薬の信奉者。

川田《かわた》桃香《ももか》

ギギギ文庫の
新人編集者。
やる気にあふれる若手。

編集長

ギギギ文庫に君臨する
ドSロリ少女。
あらゆる意味でつよい。

星井《ほしい》菫《すみれ》

ギギギ文庫の副編集長。
編集長の座を狙う野心家。
すぐ脱ぐ。

浜山《はまやま》かんな《かんな》

ギギギ文庫の編集者。
どこでも瞬時に
寝ることができる。

1 「初版五百部のオーラね」

　中学館《ちゆうがくかん》のライトノベル文庫レーベル、ギギギ文庫編集長は私の提出したカバーデザインを見て、そう言い放ちました。

「初版五百部のオーラね」

　カバーとはライトノベルにおけるいわゆる表紙のこと。カバーデザインとは、その表紙のイラスト、タイトル、その他小物の配置などの総合的なデザイン。それを確認し、「初版五百部のオーラ」であると断言されたのです。

「なんでこれでいけると思ったのか、逆に聞きたいんだけど?」

　中学館のライトノベル文庫レーベル、ギギギ文庫編集長はドSです。

　言葉のナイフの殺傷《さつしよう》能力が半端《はんぱ》ない人です。ネパールのグルカ族が持つククリナイフレベルです。しかも躊躇《ちゆうちよ》がありません。ガンガンにえぐってきます。

「……あの、なんといいますか。その……作風を考えてですね」

　配属されてまだ半年の新人編集者である私、川田桃香《かわたももか》はまだこのダメージに慣れていません。

　ショックで軽いパニック状態、まともに返事ができません。

「つまり作家さんが初版五百部の作風ってこと?」

「い、いえ……」

　ナイフのような言葉と同じくらい殺気の籠《こも》った鋭い眼光《がんこう》が私をロックオンし続けています。

　私は反射的に目を伏せてしまいますが、顔を伏せれば伏せるほど逆に視線が合ってしまいま程度。なぜなら編集長の目線は非常に低いからです。それこそデスクからぎりぎり顔が出ている程度です。

中学館のライトノベル文庫レーベル、ギギギ文庫、その編集長は幼女です。児童保護法《じどうほごほう》的にも幼女が仕事をしているわけがないのですが、少なくとも姿形《すがたかたち》は完全に幼女。ドSで編集長な幼女なのです。

つやつやのおでこ、クリクリとした目、ぷりっぷりのほっぺ。かわいらしい幼女が私を恐ろしい形相《ぎょうそう》で睨《にら》みつけているのです。もう、見た目とのギャップが酷《ひど》すぎです。

――きれーな絵だねえ～。

――なんて書いてあるかわかんないけど、字がかっこいいねえ。

そんな幼女らしいコメントは期待できるわけがありません。

「これは初版五百部。それも実売２０％で百部売れればいいほうね」

「全然、ポップさが足りない。地味だねー、今時、数学の問題集でも、もう少し派手なカバーじゃない？」

「どんな意図《いと》でデザイン発注すれば、こんな初期ヤムチャ■みたいな戦闘力のカバーになるの？教えてくれない？」

ギギギ文庫に配属されてまだ半年の新人編集者である私の心をきっちりとえぐります。

次々と放たれる言葉のナイフ。

めった刺し。完全にオーバーキル状態です。

たしかに今回提出したデザインはライトノベルとしてはやや地味なもの。

しかし、それは作品の内容を意識してのことです。

今回担当している遠藤《えんどう》望《のぞむ》先生の『青春の羊』は天文部《てんもんぶ》に所属する高校生の男女が織《お》りなす、夢と青春のラブストーリー。高校生たちの細やかな心理描写が特徴でライトノベルの範疇《はんちゅう》に収まらない本格的な作風です。

それを踏《ふ》まえて、ライトノベル読者だけでなく、もっと広い読者に届くような、シンプルながらも心に響くようなカバーデザインにしたつもりなのですが……。

残念ながらこの言われようです。

「川田《かわた》はさ、ここに来てどれくらいになるの?」

「半年です」

「ふーん。そんなに。いい加減、戦力になってくれないと困るんだけど。学生のサークルじゃないんだから」

「すみません……」

「いい加減にしないと、飛ばすよ? 飛ばされたいの? 『ポストエイト・ラボ・育毛《いくもう》研究室』に」

編集長の言う『ポストエイト・ラボ・育毛研究室』とは主に育毛関係の情報を扱うウェブメディアです。ポストエイト編集部が運営しているサイトなのですが……。

もちろん決して左遷《させん》先などではありません。

頭頂部付近に一定のお悩みをお持ちの方に非常に役立つ情報を提供するサイトです。

「すみません。私は育毛関係はちょっとわからないので……」

「ライトノベルも全然わかってないけどね」

すかさず飛び出す嫌味《いやみ》。

重役《じゅうやく》風の本革《ほんがわ》製のチェアーに座っているものの、明らかにサイズオーバー。椅子《いす》の中で体《たい》育座《いくずわ》りしています。精一杯《せいいっぱい》腕を伸ばしても肘《ひじ》掛《か》けに肘が届かないでしょう。

この幼女さんは大変に部下に厳《きび》しいことでおなじみです。

編集長の机の後ろにはポスターなどの宣伝物《せんでんぶつ》を張るためのパネルがあるのですが、そこに貼られているのは毛筆《もうひつ》の大胆《だいたん》な筆致《ひっち》でしたためられた『性悪説《せいあくせつ》』の書。

編集長の座右《ざゆう》の銘《めい》らしいです。そんな方が部下のミスに寛容《かんよう》なわけがありません。

そして、この性悪説の幼女は編集部においては絶大《ぜつだい》な権力を持っています。編集長がダメと言えば、絶対にダメ。やり直しと言えば、絶対にやり直し。この時点で今日のこれまでの作業がすべて水の泡となったことは確実です。

スケジュールも迫っています。急いで直さないと……。カバーデザインが終わったら、すぐに口絵をお願いするはずだったのですが……。

私は幼女に向かって、何度か頭を下げてトボトボと自分の席へと戻ります。

編集長のデスクは離れ小島になっていて、私たちのデスクから少し距離があります。

多少愚痴《ぐち》を言っても聞こえないのが不幸中の幸いです。

「なにへコんでんの?」

右側から、元気の良い声。

右隣の席は先輩《せんぱい》編集者の岩佐《いわさ》さんです。

岩佐さんはライトノベルから飛び出してきたかのような美少女です。

ミディアムショートの髪をヘアピンでまとめた髪型《かみがた》、ちょっと気の強そうな切れ長の目。

スレンダーな体形。

口は少々悪いものの、面倒見《めんどうみ》の良い、私にとって頼りになる先輩です……。

「はあ……、カバーのデザインで編集長に……」

私はがっくりと肩を落とし、蚊《か》の鳴くような声で答えます。

岩佐さんはそんな私の肩を両手でつかみ、前を向かせます。

「死ぬよ!　あの幼女の言うこと真に受けてたら死ぬよ!」

岩佐さんは私の目をしっかりと見て、きっぱりと断言しました。

「死にはしないと……」

「いや、死ぬよ。最初はストレスで肌が荒れ、円形脱毛症《えんけいだつもうしょう》になり、そして死ぬ！」

「段階が急じゃないですか？　ホップ、ステップから、デスまでの段階が……」

「とにかく、真に受けちゃダメ。わかった？」

岩佐さんは先輩らしくお姉さん然とした態度でそう言います。

私としてもできるのであればそうしたいのですが……。

「でも、編集長ですよ」

そうなのです。あの幼女は私の上司なのです。

上司の指示を「真に受けるな」と言われても……。

「別に無視しろって言ってるんじゃないの。なんでも『はい、はい』って聞いてたら身が持たないでしょ。上手《じょうず》に転がすの」

岩佐さんは人差し指をピンと建て、もう一度、「こ・ろ・が・す・の」と区切って強調します。

言わんとすることはわかります。

編集長は幼女とあって、ご機嫌《きげん》がよろしい時と悪い時の差が激しいのです。

同じ案件でも機嫌が悪いタイミングだとNG、逆にご機嫌の時ならOK、そんなことがよくあるのです。

ですから、無駄《むだ》に機嫌を損《そこ》ねてしまっては、通るものも通らなくなってしまうのです。

とにかく無駄な地雷《じらい》は踏《ふ》まない。それが鉄則《てっそく》なのですが……。

残念ながら新人の私にはまだ難しすぎなのです。

「しょうがないな。ひとつ教えてあげるよ」

岩佐《いわさ》さんはそう言いながら自分のデスクの引き出しから、一枚の紙きれを取り出します。

「ある編集者から譲《ゆず》り受けた秘伝《ひでん》の書だよ」

随分《ずいぶん》と古い紙のようで、日焼けして黄ばんでいます。

しかもところどころ赤黒いシミが……。

――まさか血痕《けっこん》!?

「これまでたくさんの編集者が編集長に挑み、敗れていった。その英知《えいち》の結晶《けっしょう》がこれなんだよ。ここでは良い奴から順に死んでいくんだよ」

岩佐さんは遠い眼をして、窓の外を眺めています。

その姿は長らく戦場にいる古強者《ふるつわもの》の傭兵《ようへい》のようです。とてもライトノベル編集者の目とは思えません。いったいどれほどの厳《きび》しい戦いを乗り越えて来たのか……。

私はそんな古強者から秘伝の書を受け取ります。

そこに記されていたのは……。


～編集長に言ってはいけない〝さしすせそ〟～

さ

「最近のラノベは」

編集長は最近のラノベなど興味ない。最近の流行だから、といった発言は思考停止《しこうていし》と見なされる！　独創《どくそう》的で個性的、そして行き当たりばったり、それがギギギ文庫編集部である！

し

「私用で……」

編集者に仕事より優先する私用はない！　常に仕事。なにがなんでも仕事。数字を挙げて、編集長に奉仕せよ。労働基準法の治外法権《ちがいほうけん》それがギギギ文庫編集部である。

す

「すみません」

謝《あやま》ったら非を認めたことと同じ。すぐに謝るのが日本人の悪いところ。一度謝ったらとことん責められることを覚悟《かくご》せよ。ここは日本ではない！　ギギギ文庫編集部である。

せ

「先日の話と違うのでは」

編集長の話が前と違うのは当たり前。発言のブレを指摘《してき》したところで機嫌《きげん》を損《そこ》ねるだけ。編集長の記憶メモリは幼女としても低め。臨機応変《りんきおうへん》、朝令暮改《ちょうれいぼかい》、いまこの瞬間だけを生きる。それがギギギ文庫編集部である。

そ「そ、そりゃないぜよ〜！」
そんなこと言っても無駄《むだ》。幼女は一切《いっさい》の容赦《ようしゃ》をしない。戦場で泣き言は通用しない。ラノベ業界で最も危険な戦場、ラノベ界のノルマンディー、それがギギギ文庫編集部である。

さしすせそって！　思ってたのよりノリが軽いです！

よく見たら血痕《けっこん》だと思われた汚《よご》れも醤油《しょうゆ》のシミです。

「最後なんですか？　そもそも言いませんよ『そりゃないぜよ〜』って」

「私が考えたわけじゃないもん！　そ、まで思いつかなかったんじゃないの。とにかくこれが基本だから」

どうやらこれは岩佐《いわさ》さんが入社する前から編集部に伝わっているもののようです。

それにしても、悲しいさしすせそです。

日本の常識が通じないなんて……。

……幼女が編集長の時点で、常識が通じないことは薄々《うすうす》気がついていましたが。

「それでさ、あんた、さっき〝す〟を言っちゃってたでしょ」

さすが岩佐さん、目ざといです。

たしかにさっきはほとんど反射的にすみませんと頭を下げてしまいました。

「ダメだよ。すみませんは。ペコペコ謝《あやま》らず、それでいて反論せず。視線を切らずに、ゆっくり下がる。編集長に弱ってると思われたら、一気に狩《か》られるからね」

……なんだかサバンナの掟《おきて》みたいです。

「そうですか。そんなつもりじゃなかったんですけど、叱《しか》られていると自然に……」

「あんた素直《すなお》だからね。でもね、ここじゃね、あんまり素直だと死ぬよ！」

「死にますか……」

「死んじゃうね。ストレスで髪のキューティクルがなくなって、死ぬよ」

岩佐さんはそう言うと、かわいらしいポーチを取り出します。

そのポーチから出てきたのは……漢方薬《かんぽうやく》。

ポーチのかわいさとのギャップがすごいです。

小柴胡湯《しょうさいことう》と書かれた小袋の封を切り、迷いなく、ざらざらと粉末を流し込みます。

岩佐さんは肝臓の弱いタイプの美少女なのです。

ストレスを発散するためにハイボールを飲みすぎ、肝臓の数値がズタズタの美少女になってしまったのです。

私もいずれは、肝臓がズタズタに……。

絶対に嫌です！　まだ漢方のお世話になりたくありません。私はストレスをなるべく減らすためにも、再度カバーデザインの修正に入ります。

編集長曰《いわ》く、このデザインでは地味だとのこと。

デザイナーさんと打ち合わせて、急ぎ他の案を作らないといけません。

早速デザイナーさんに電話です。

『あの……すみません。ちょっとご相談したいことが。いただいたカバーデザインなのですが、全ボツに……』

『えっ……全ボツ……えっ！」

絶句《ぜっく》するデザイナーさん。

そこを謝《あやま》り倒して、新しいデザインを作ってもらいます。

打ち合わせの結果、とりあえず、カバーイラストを特典用に描いてもらった別バージョンに差し替え、タイトルの色味を変えてビビッドで目立つように。

さらにはちょっとした小物を使って、ポップで派手に……。

気づくと、すでに外は真っ暗。時間が経つのが早すぎます。

待つことしばし。ついにデザイナーさんから新しいカバーイラストが上がります。

見違えるようにポップな仕上がりです！

ちょっとラブコメ風味が強くて、あざとい気はするものの、ギリギリ許容範囲《きょようはんい》でしょう。

カバーイラスト詐欺《さぎ》と言われるものではありません。

これならなんとか……。

意を決して、数時間ぶりに編集長の前に立ちます。

「すいま……いえ、あの、修正終わりました」

私は「すみません」を慌《あわ》てて飲み込み、新しいカバーデザインを提出します。

「見せて」

小さな手が伸び、プリントアウトしたてのカバーデザインを受け取ります。

重役《じゅうやく》用チェアーの中でじっとカバーデザインを見つめる幼女。

「初版三百五十部のオーラね」

百五十部減りました！

もはや配本できるレベルの数字ではありません。下手をしたら、大きめの結婚式の案内状のほうが発行部数があるレベルです。

「なんか変にポップで、派手派手しいね。ちゃんと作家さんの作風踏《ふ》まえてる？」

……先日どころか、ついさっきの話と違います！

そう言いたいところですが、禁句を言うことは火に油を注ぐ行為。

ここはじっと耐えるしかありません。

ただただ、幼女編集長のドSなお言葉を受け続けます。

「センスがヤムチ■なのは仕方ないけどさ、せめて狼牙風風拳《ろうがふうふうけん》くらい出してくれる？」

最後に追撃のヤムチ[redacted]例《たと》えを喰《く》らわされ、ようやく解放されました。

もはや私の精神はサイバイマ[redacted]の自爆攻撃を受けたヤムチ[redacted]よりもボロボロです。

ふらふらとした足取りで自分のデスクに戻ります。

「全然効果ないじゃないですか、禁句のさしすせそ」

私は岩佐《いわさ》さんに猛抗議《もうこうぎ》します。

「あー、そりゃダメだよ。だって機嫌《きげん》が悪い時の〝まみむめも〟を守ってなかったからねー」

岩佐さんはそう言うと、私にまたしてもメモを渡してくれます。

ま　間を置く
み　身動きしない
む　ムキにならない
め　目を見ない
も　モグモグしない

「何個あるんですか！」

「五十音全部に決まってるじゃん！　死ぬよ！」

岩佐さんはむしろ当然だと言わんばかりの口調ですが……。

さすがに覚えきれません。

「あの幼女編集長の対策には、逆に文字数が足りないくらいだよ。平仮名《ひらがな》が五百種類は欲しいよ。まったく……おっ、イバっちお疲れ～」

岩佐さんはそう言うと、私の後方に向かって小さく手を振ります。

釣られて振り返ると、そこにはイバっちこと井端《いばた》さんの姿が。岩佐さんは井端さんをイバっちと呼ぶのですが、不思議なほど浸透《しんとう》していません。他にそのあだ名を使用する人は皆無《かいむ》。

岩佐さんのネーミングセンスが危ぶまれます。

そんなイバっちこと井端さんは入社二年目、私にとっては先輩《せんぱい》、岩佐さんにとっては後輩《こうはい》に当たります。

井端さんもまた美少女です。

ライトノベルの編集部員といえば、ほぼほぼ美少女しかいない。そのことはラノベ読者にとっても半ば常識となっていますが、井端さんはその中でも際立っています。

大人しく可憐《かれん》、黒髪ストレート、透き通るような白い肌。眼鏡《めがね》の似合う清純派のタイプ。

今日は女の子らしいレース生地《きじ》のワンピース姿、とっても似合っています。

どうやら打ち合わせから戻ってきたところのようです。

岩佐さんにかわいらしく手を振り返すと、自分のＰＣをチェックします。

「ぬわー、めっさメール来てるんよ！　やってもやっても仕事が終わらないんよ。助けてクレメンス！」

……井端《いばた》さんは口調が非常に残念な人です。とくにパニックになっているときは実に残念な口調になっています。

いわゆるガチ勢。

ライトノベル、アニメ、そして声優、いわゆるオタクの好物をもれなく好みます。

そんな井端さんにとって、ライトノベル編集部はまさに天国のような職場のはずなのですが……。

「編集長は急に意見を変えるから、いろいろ大混乱なんよね」

井端さんもなにか難しい問題を抱えているのか、机に突っ伏してしまいます。

その机はアニメグッズで埋め尽くされています。

それが弊社《へいしゃ》のアニメのグッズであれば、通常のお仕事の風景なのですが、たんに井端さんの好きなものを集めただけ。

まったく仕事とは関係ありません。

「あーあ、編集長にバチが当たんないかな。急に隕石《いんせき》とかに当たったりさ」

岩佐《いわさ》さんもかなりストレスが溜《た》まっているご様子。物騒《ぶっそう》な発言を繰り返します。

「本当にそう。メテオストライク喰《く》らってほしいものなんよ。ああ、アスーナたん……かわいそうに」

つい先日、井端さんと編集長が新作の企画をめぐり激論を交わしたときに、「イカズチ文庫では」と反論したため、編集長は「あんた、イカズチ文庫の回し者？」と激高。

腹いせに、イカズチ文庫のキャラクターのフィギュアを勝手に放棄《ほうき》されていました。そのことを嘆《なげ》いているのです。

たしかに、それは編集長もやりすぎだとは思うのですが……。

「アスーナたん、ここで我慢してね」

井端さんの一番下の引き出しは二重底になっています。

一段目の底を開けると、その下には他レーベルのフィギアコレクションが……。ゴミ箱から救出したアスーナたんもそこに並んでいます。

なぜそこまでして、会社に私物を持ち込む必要が……。

本人曰《いわ》く、ここにいてくれると思うだけでリラックスできるらしいのですが……。逆にそこにあると思われている書類たちはどこへ……？

可憐《かれん》な見た目に反して、かなりの残念なお方なのです。

井端さんは先輩《せんぱい》なのでその嘆きに頷《うなず》いてはいますが、私は心の中で編集長にも一理《いちり》あると思っています。

「アスーナたんの恨《うら》みは深いんよね。いつかレイピアであの幼女を目にもとまらぬ剣さばきでハチの巣にしてやるのよね……川田《かわた》さんが」

……なぜ私が！

井端《いばた》さんは本当に黙っていれば良家のお嬢様といった雰囲気《ふんいき》なんですが……。

「……と、とにかく私は〝ま〟の〝間を置く〟を怠《おこた》ってしまったってことですね」

私は井端さんの物騒《ぶっそう》な言動をいさめる代わりに話題を元に戻します。

「そうなんよ。クールダウンの時間が必要なんよね。ちなみに〝ぱ〟は『パンくずまみれで現れない』なのだね」

「当たり前じゃないですか！　ヘンゼルとグレーテルじゃないんですから！」

編集長も編集長ですが、編集部員も曲者《くせもの》ぞろいです。

やはりライトノベルの編集はこれくらいじゃないと務まらないのかもしれません。

そしてその中でも特別変わっている人が……。

「浜山《はまやま》、浜山ちょっと来て！」

いままさに編集長に呼び出された女性、浜山さんです。

浜山さんは美少女と言えば美少女です。

おそらく本来は驚くほどの美少女なのでしょうが、あまりに見た目に無頓着《むとんちゃく》すぎて、よくわからない状態になっています。

髪の毛はボサボサ。服もファッションとか着こなしなどという概念《がいねん》はありません。

とにかく楽であればそれでいいといった感じのラフな服装。リラックスできるかどうかだけを重視しています。

今日もサイズ感関係なしのゆったりとしたTシャツ姿。

あまりにもゆったり過ぎて、肩の辺りがずり落ち、鎖骨《さこつ》が露《あら》わになっています。スタイルが良いだけに、胸が見えてしまうのではないかと不安になります。

そして、その見た目から察せられるように、性格も非常にずぼら。

もっとも編集長のターゲットになりやすい方なのです。

今回もまた編集長の口調からして、間違いなくお説教。

「浜山、早く、ダッシュで！」

「はーい」

なんとも緊張《きんちょう》感のない返事。

編集長に対してまったくプレッシャーを感じていないかのようです。

浜山さんは岩佐《いわさ》さんよりもさらに二年先輩《せんぱい》。編集長、そして、副編集長の星井《ほしい》さんを除けば一番の古株《ふるかぶ》、ここは先輩から編集長のコントロール法を学ぶチャンスです。

「ちょっとこれどういうこと？　聞いてないいんだけど」

「あー、あれー」

どうやら編集長との間で連絡ミスがあったようです。

報告、連絡、相談のホウ・レン・ソウは社会人の基本ですが、浜山さんは雲のように自由な人。基本を無視しがちです。

当然そんなことを許す編集長ではありません。

私の受けたお叱《しか》りの数倍の勢いで叱られています。

「えー、だってー、人間、誰でも忘れることくらいあるでしょー」

浜山《はまやま》さんもムキになって反論しています。……いいのでしょうか。まみむめもの〝む〟を完全に無視していますが……。

反論は当然ながら編集長のさらなる反論を招きます。

編集長はバシバシと机を叩きながらまさに激怒しています。

「あんたの賞与査定《しょうよさてい》はFマイナス！」

「そりゃないぜよ～」

言った！　まさかの「そりゃないぜよ～」、普段の口調と全然違うのに……。

「あんた、ふざけてるの？　まったく浜山は……ちょっと、あんたなんでパンくずまみれなの！　私のデスクにボロボロパンくずが落ちてるんだけど」

「あー。本当だー、さっきパンを食べたからだー。クロワッサンだったからー」

なんと実行不可能と思われた〝ぱ〟を達成しました！

「クロワッサンだとしても、こぼしすぎでしょ！　浜山にとってのクロワッサンってそんなに難易度高いの？　なんなの？　逆にこんなにこぼして、パン食べられたの？　ほぼパンくずになってんじゃないの？」

「大丈夫ですよー、クロワッサン、三個食べましたから－」

「なんか別のも食べなさいよ！　もういい。とにかく私のデスクにパンくずつけないで！」

幼女にパンをこぼすなと叱られる浜山さん。

ひとりの大人として、いったいどんな気持ちなんでしょうか……。

非常にお気の毒です。

のんびりとした歩みで浜山さんがこちらへと戻って来ます。

「大変でしたね……すごく叱られちゃいましたね」

「えっー？　あたし、叱られたー？」

「えーっ！　いまものすごく叱られてましたよね？」

「えーっ!?　叱られたってほどじゃないよねえー？」

浜山さんは叱られたという自覚がないようです。

私であれば三日間は落ち込むくらいに叱られていたように見えました。

「叱られたってほどですよ！　編集長、机をバンバン叩いてたじゃないですか！」

「あー、言われてみれば、えーアレ怒ってたのかー？　編集長、顔に出にくいからなー」

「怒ってましたよ！　顔どころか全身で表現してたし！」

私がどれだけ指摘《してき》しても浜山さんは不思議そうに小首を傾《かし》げたまま。

誰がどうみても怒っていたと思うのですが……。

「浜山《はまやま》さんには心がないんよね」

岩佐《いわさ》さんが私の耳元でぼそっと呟《つぶや》きます。

「どういうことですか?」

「浜山さんはあんまり怒られすぎて、なにもかもに鈍感になったらしいよ。私が入社した頃《ころ》はもう少し人間味があったんだけど……」

「たぶん防御力にステ振りしすぎて痛みを感じなくなったんよねえ」

井端《いばた》さんもうんうんと頷《うなず》いています。

「そうなんですか?」

「えっ、えっ、そうなのーっ?」

「なんで聞き返すんですか! 浜山さんの話ですよ! 浜山さんは怒られすぎで心がなくなっちゃったんですかって話です」

「そーか。うーん。どうだろお? 自分のことってわかんないからねー」

浜山さんは自分のことを井端さんに尋ねます。

「浜山さんは人間の心とホウ・レン・ソウとパンツを捨てたンゴねえ」

なぜホウ・レン・ソウまで捨てるんですか! そしてパンツは穿《は》いてください!

とにかく残念ながら編集長対策については浜山さんから得るものはありませんでした。

むしろ編集長のご機嫌《きげん》は浜山さんによって悪化。しばらくはご機嫌ナナメモードが予想されます。

どうやれば機嫌の悪い編集長からカバーデザインのＯＫをもらうことができるのか？

地味なカバーデザインもヤムチャ、ポップなデザインもヤムチャ。

八方ヤムチャふさがりです。

「そんな暗い顔しない！　死神と編集長は暗い顔の人を狙《ねら》うんだよ」

岩佐さんが頭を抱えている私の背中をパシンと叩きます。

「でも、ちょっと打開策が……」

「しょうがないな。ちょっと見せてみな」

岩佐さんはそう言うと、突き返されてしまったカバーデザインを確認します。

最初の地味なデザイン、次のポップなデザインを交互に見比べて……。

「あー、なるほどねー」

岩佐さんは何度か小さくうなずきます。

経験の浅い私にはわかりませんが、岩佐さんにはすぐに打開策が思い浮かんだようです。

「なにがいけなかったんでしょうか？」

「一番大事な基本中の基本、〝あ〟が大事なパターンだね」

「あ、ですか」

「〝あ〟は『あいつの裏の意図《いと》を考えろ』だよ」

「裏の意図……〝う〟でよくないですか？　無理くり感がすごいです」

「だから私に言われても知らないよっ！　大事だから〝あ〟にしたかったんでしょ！　とにかく編集長のダメ出しには別の意図があるってこと」

ポップにしろと言っておいて、ポップにしたらしたで全然ダメ……。

果たしてその意図とは……？

「エロさが足りないってこと！」

……エロさですか？

たしかに前回のカバーデザインも、今回のカバーデザインもエッチな感じはありません。

なぜなら、この『青春の羊』はちょっと地味ながらも、天文部《てんもんぶ》に所属する高校生たちの夢や挫折《ざせつ》、人間関係に悩む姿を、丁寧《ていねい》にそして爽《さわ》やかに描写した作品。エッチなシーンはありません。ちょっとエッチなカバーイラストのほうが売れやすいのはわかるのですが……。

「でもですね……」

「そうなると、デザインだけじゃ無理だから、イラストも変えないとね。口絵はまだお願いしてないんでしょ。このカバーイラストを口絵に回して、一枚、エッチなの依頼しなよ」

私は抗弁しようとしますが、岩佐《いわさ》さんは勝手に話を進めます。

口絵とは書籍の最初にあるイラストのことです。こちらもカラーですので、カバーと口絵のイラストを差し替えれば描いていただく点数は同じ。ですが、この岩佐さんのプランは……。

「岩佐さん、でもそれってカバー詐欺《さぎ》じゃな……もぐっ」

岩佐さんは私の口を押さえて、言葉を最後まで言わせません。

「言葉に気をつけてっ！　詐欺じゃない。ちょっぴり人目を引きやすくするだけ。詐欺じゃない、全然詐欺じゃない」

「そ、そうですかね。でも作風が……天文部の爽やかな……」

「作風をカバーデザインで伝えることはたしかに大事なこと。でもね、それより大事なこともあるの。それは売り上げ。売れなきゃ、その作風は誰にも伝わらないし、打ち切られるよ！　編集長はダメだと思ったら容赦《ようしゃ》なく打ち切るよ。それこそ爽やかに！」

……この『青春の羊』は本当にいい作品です。もちろん多くの人に手に取ってもらいたいですし、もちろん構想通りに最後まで書き切っていただきたいです。

「……やっぱりエッチにするべきですか？」

「いい作品なんでしょ。だったらたくさんの人に届けなきゃね。編集者として」

岩佐さんは私の苦渋の思いを察してか、優《やさ》しく私の肩に手を添えます。おそらく岩佐さんもこのような決断を何度となくしてきたのでしょう。

「わかりました。これも編集者としてのお仕事ですね」

編集長の意図を忖度《そんたく》してカバーで釣る。作家さんも納得してもらわなければいけないですし、釣られたと感じた読者からは、担当編集者に非難《ひなん》の声もあるかもしれません。いわば汚《よご》れ役。でも、これもお仕事です。

「……で、このヒロインの子だけど、紐《ひも》水着のシーンとかないの？」

岩佐《いわさ》さんの話は展開が極端です！　苦渋の決断のしすぎでしょうか。

「あるわけないじゃないですか！　天文部《てんもんぶ》に所属する高校生の青春ですよ。なんで紐水着になるんですか！　……まったく。そもそも編集長もそれならそうと言ってくれれば……」

「それはしょうがないよ。ウチって個性的で独創《どくそう》性のあるレーベルってイメージでしょ。だからカバーのデザインをエロくして釣れとは指示しにくいわけ」

たしかに編集長はライトノベルの枠《わく》に収まりきらないイメージを大事にしています。しかし、それと同様、もしくはそれ以上に数字も大切にしています。

カバーイラストをエッチな感じにして、目を引く。そのやり方は我がギギギ文庫だけではなく、どこのレーベルでもよく行われる手法ですし、それでライトノベルの枠に収まらない良作を世に出せるのであれば……。

問題はどんなイラストを描いていただくかです。

しいて挙げるとしても、ヒロインの女の子が走る場面くらい。

スカートがはためくシーンくらいは描いても、作中と矛盾《むじゅん》しないでしょうが、それくらいでは編集長からＯＫが出ないでしょうし。

ここはもうひと声過激なイラストを準備してもらう必要がありそうです。

岩佐さんならどんなイラストを……？

「まったく世話の焼ける後輩《こうはい》なんだから。次からはこんなことがないように、ちゃんと準備しとかないとね。私の貸してあげるから」

私が質問する前に岩佐さんがおかしなことを言い出します。

「準備って？　貸して？」

「カバーイラストを依頼し直すんでしょ。ほら、好きなの選んで」

岩佐さんはそう言うと、自分のデスクの足元から段ボール箱を引っ張り出します。

そこに入っていたのは……。

ブルマ、スクール水着、異常にスカートが短い制服、恐ろしいことに紐水着もあります！

「まさか、私が着るんですか!?」

「当たり前でしょ！　あいうえおの〝え〟だよ。エッチなイラストの依頼は編集者自らがポージングする。基本だよ！　ほら、写真撮ってあげるから、紐水着に着替えて」

「嫌です！」

そんな〝え〟は絶対に基本として認めたくはありません。

「じゃあ、このシースルーのふんどしに」

「なんですかそれ！　用途《ようと》がわからないです！　せめて、せめてブルマに」

「しょうがないな……とりあえずブルマね」

段ボール箱から体操着とブルマを取り出す岩佐《いわさ》さん。

目が本気です。

仕事に燃える編集者の目。

どうやらやるしかないようです。

私はブルマと体操着を手に取り、着替えのためにすごすごとお手洗いに向かいます。

まさかこんな展開が待っているとは……。

ブルマと体操着に着替えた私を待っていたのはノリノリの岩佐さんでした。

「悪くないね……」

戻って来るなり、スマホのシャッター音の嵐《あらし》。どうやら連写モードにしているようです。

シャッター音が鳴り響く中、私は恥ずかしいポーズを取らされ続けます。

「もっとお尻《しり》を突き出すんよ。ここは目線はいらないんよ。無防備さがポイントなんよね！」

いつの間にか井端《いばた》さんが参加しています。

井端さんはブルマにものすごくこだわりがあるようで……。

「食い込んでなきゃ意味がないンゴよ！　ブルマを適当に穿《は》いてたら大怪我するんよ！　もっともっと食い込ませるんよ！」

なんだかわかりませんが、自分のこだわりをひたすら伝えてくれます。

　こうしてありとあらゆるポーズを取らされることになります。

　猫っぽいポーズ……。開脚ポーズ。お尻の食い込みを直しているポーズ。ちょっとブルマを脱がされているポーズ。

　恥ずかしすぎて、顔が熱いです。

　これもカバー詐欺《さぎ》……ではなく、手に取ってもらいやすいカバーの為《ため》。

「よーし。まあまあかな。念のため二巻用の……」

　ようやくＯＫを出した岩佐さんの手に握《にぎ》られていたのは……。

　シースルーのふんどし！

「絶対にイヤです！」

「あー、じゃーねー逆に全裸《ぜんら》はー」

　浜山《はまやま》さんからもいらないアドバイスをいただきました。

　逆もなにもありません。断固としてお断りです。

　ドＳの幼女が編集長として君臨《くんりん》するギギギ文庫。

　その編集部にはクセのある先輩《せんぱい》が勢ぞろいなのです。なんでもはいはいと聞いていたら本当に身が持ちません！

　それから一週間後。

　ついにカバー詐欺……ではなく、ちょっぴり人目を引きやすくするブルマバージョンのカバーデザインが完成します。

それを持って、再度編集長の元に……。

「ふーん。まあまあ悪くないか。オーラが出てきたね」

言葉は辛めですが、表情は満足気。どうやらＯＫのようです。

モデルになった甲斐《かい》があった。私はホッとひと安心したのですが、「でもねー」と編集長が言葉をつけ足します。

「この子、ちょっと胸が小さいかな。そこがね」

「そんなことないですっ！　角度でそう見えるだけです。本当はもう少しはあるはずです。ポテンシャルはあるんです。ポテンシャルは」

ついつい、自分のこととして答えてしまいました。

もちろん編集長は事情を御存じないわけで……。

「……川田《かわた》、あんたなに言ってるの？」

編集長が怪訝《けげん》な顔をしています。

こうして私は、カバーデザインのＯＫはもらったものの、イラストの女子の胸を全力でフォローする編集者として、しばらく編集長に怪《あや》しい人認定されてしまうことになったのでした。

シースルー

桃香の ライトノベル 用語解説

【初版】

川田「初版とは書籍の最初の版のことです。この初版が売れ、再度刷り直すことを重版といいます。ちなみに初版の部数が500部ということはありません。500部ではとらのあなさん、アニメイトさんなどの専門店への配本も賄えません。また初版の部数は編集長だけで決定されるのではなく、過去のデータを参考に営業課などとの協議の上、決定される…………はずです」

井端「はずなんよね……。でも編集長とサ●ヤ人には底知れぬパワーがあるんよね……」

2

「作家の生殺与奪の権利は私のものだから」

「川田《かわた》、新人担当してみな」

編集長から指令が下ったのは、中学館《ちゅうがくかん》ライトノベル大賞、最終選考会議の直後でした。

中学館ライトノベル大賞はギギギ文庫が主催するライトノベルの新人賞です。

毎年、千を超える作品が投稿され、審査《しんさ》期間は通常業務に加え、応募原稿を読まなければいけないので、忙しい日々を過ごしてきたのですが……。

まさか自分が新人を担当することになるとはちょっと想定外でした。

これまでは自分の経験が浅いこともあり、ベテランの作家さんばかりを担当させていただいていたのです。

新人の担当を任されるということは自分も一人前の編集者として認められたということでしょうか？

「え、いいんですか？」

「だって、あんたこの『ラピスラズリ』推《お》してたでしょ。責任持って担当しなよ」

編集長の言う通り、今回の最終選考にて、私は優秀賞を受賞予定の作品『ラピスラズリ』を強く推しました。

粗削《あらけず》りな部分はあるものの独特の世界観と印象的なセリフ回しが魅力の本格的ファンタジーです。作者は……そ、その……『きんたま三郎』さん、このペンネームは絶対にダメです。粗削りにもほどがあります。下品ですし、なにより私がお名前を呼べません！

おそらく自分が受賞しないと思って、適当なペンネームをつけたのでしょう。よくあることですが、後悔するのは自分です。応募時の名前は公式サイトなどで残ってしまいますので、必ずちゃんとした名前で投稿するべきです。

それはともかく、新人の担当は私にとってもやりがいのある仕事です。新人作家さんと新人編集者である私で、ライトノベル界に一石投《いっせきとう》じられたらな……、なんて夢想しちゃいます。

もちろんプレッシャーもありますが……。

「やります！　やらせてください」

私はストレートに意気込みを伝えます。

この積極姿勢が編集長の心象《しんしょう》を良くしたらしく、珍しく優《やさ》しい笑顔を向けてくれます。ニッコリ笑う、金髪ツインテール幼女。

「生《は》え抜《ぬ》きの新人はレーベルの財産だからね。しっかりやりなよ、川田」

そう言うと、私に歩み寄り、激励《げきれい》でポンポンとお尻《しり》を叩きます。

本当は肩を叩きたかったのでしょうが、身長が足りずお尻しか叩けません。

お尻では悪いことをしたみたいですが、幼女なので仕方がありません。

「わかっています」

もちろん私も新人作家さんは財産だと考えています。

そしてまっさらな新人とタッグを組んで、素晴らしい作品を作り、数字も上げる。これは編集者としての醍醐味《だいごみ》のひとつだと思っています。

元気よく返事をしたつもりだったのですが、新人が「わかっています」などと言ったのが、気に入らなかったのか、編集長が急に意地悪な目つきに……。

「本当に？　つまりは新人を潰《つぶ》しちゃったら、レーベルの財産を潰したってことだからね。そもそも新人賞にいくらかかってるか知ってる？　賞金、下読みのギャラ……。潰したら全部無駄《むだ》になるんだよ。その時は……わかってる？」

編集長のお尻《しり》を叩く力が徐々に強くなってきました。これは激励《げきれい》ではありません。失敗したときの罰《ばつ》の予告です。

幼女なので痛くはありませんが、プレッシャーが凄いです。

もちろん新人作家さんを潰すつもりなどありません。二人三脚でいい作品を作るつもりです。

そのつもりなのですが……。

編集長のプレッシャーにより、私の背中には冷や汗が流れ、そしてお尻は熱く火照《ほて》るのでした。

◆

「なんで私がつき合わなきゃいけないのよ」

第四コミック局のフロアの一番奥に位置するギギギ文庫編集部。

編集部員たちのデスクの島から少し離れた位置に打ち合わせ用のブースがあります。

パーティションで軽く仕切られたスペースに、少し大きめのテーブルに椅子《いす》が四脚。非常にシンプルです。

その打ち合わせ用のブースで岩佐《いわさ》さんはブチブチと愚痴《ぐち》を言っていました。

これから私は中学館《ちゅうがくかん》ライトノベル大賞、優秀賞を受賞予定のペンネーム、その……なんというか……『きんたま三郎』こと権藤健太《ごんどうけんた》さんと直接会ってお話しします。

岩佐さんには、この面談を横についてもらってサポートをしてもらう予定です。

「ねえ、私、忙しいんだけど？」

岩佐さんは細い眉《まゆ》をキッと寄せて、子供のように口を尖《とが》らせています。

文句を言いながらも視線はノートパソコンに釘《くぎ》づけ、猛烈《もうれつ》な速度でメールを打っています。

「すみません……」

「編集長がさあ、また謎《なぞ》のこだわりを発揮しちゃってさあ。もう時間的に余裕ないのに、こだわる、こだわる」

編集長は非常にこだわりの強い方。そして無尽蔵のスタミナの持ち主です。

その驚異的なスタミナを持って、ギギギ文庫が出版する書籍すべての原稿をチェックし、いかんなくこだわりを発揮するのです。

それは心強い時もあれば、ときにスケジュールを逼迫《ひっぱく》させることも……。

「もう……。なんでキャラが食べる寿司ネタの順番で揉めなきゃいけないのか……」

岩佐《いわさ》さんはため息を吐《つ》きながら、メールをしたため続けています。

しかし岩佐さんがこの新人さんの面談の場にいることもまた編集長直々《じきじき》の指示なのです。

初めて新人を担当する私に、なにかあるといけないので、受賞予定者との面談をつきあえとの厳命《げんめい》です。

私としてももちろん心強いですし、助かります。

「それで、面談ってなにをするんですかね？」

ギギギ文庫では受賞予定の方に正式に受賞が決定する前に距離的に会うことが可能であれば、一度直接お会いするルールがあります。

「正式になにかルールがあるわけじゃないから。挨拶《あいさつ》して、軽く雑談《ざつだん》して、それから作品の感想伝えて、念のためパクリじゃないか確認して、そんな感じかな？　話はなんでもいいんだよ。作家さんの人となりを見るんだから」

岩佐さんはあまり寝ていないのか、ふわわわ、とあくびをしながら答えます。

——作家さんの人となりを見るため。

いかに作品がよくても、人間的に一緒にお仕事をするのが難しい方では受賞させることができません。デビューしてからは今後長いつき合いになるのです。続刊、新企画……、普通にお仕事をするパートナーとしてつき合えるかどうか、それを見させていただくのです。

　このルールはレーベル創設時からの伝統で、編集長の「結局は人間性」のひと言で制定されたとのこと。編集部には他にも編集長によって作られたルールが多数あります。

　月に一回、課題の映画を観て、それぞれ観た感想と分析を報告する。年末の謝恩会の二次会では必ずシェアナンバーワンレーベルの打倒を誓って乾杯する。霊柩車を見たら、必ず親指を隠す。などなど……。良くも悪くもオリジナリティ溢《あふ》れる編集部なのです。

　そんなことはさておき、まずは面談です。直接お会いして、人となりを見て……。

「……私なんかにわかるのでしょうか？」

　こんな人生経験の浅い小娘が人となりなんて……。

　だから岩佐さんにサポートをしてもらうことにしたのですが。

「よっぽどじゃなければＯＫだよ。そもそもがラノベ作家なんて、変わった人ばかりだからね。最低限《さいていげん》でいいんだよ、最低限」

　そう言いながら、岩佐さんは机に突っ伏してしまいました。寝る気でしょうか……。

　初めて会う人に対して、岩佐さんが割りと最低限を下回るギリギリの対応のような気がしますが。

　とにかく、言っていることは間違ってはいません。ライトノベル作家は強い個性があってこそ。ちょっとコミュ障《しょう》気味くらいならなんの問題もありません。

お仕事さえできるレベルであれば……。ペンネームがペンネームですので、すでに不安はありますが……。

そろそろ約束の時間です。

私の初めて担当する新人さんは果たしてどんな方なのでしょうか……。

◆

「は、はじめまして……」

きんたま三郎こと権藤健太《ごんどうけんた》さんはなぜかびしょ濡《ぬ》れで現れました。

外は雲ひとつない青空なのにぐっしょりと。

もちろん汗をかいているというレベルではありません。

年齢は二十七、八歳くらいでしょうか。ジャケット姿の男性なのですが、とにかくずぶ濡れ、前髪から水が滴《したた》り落ちています。

メールによると、埼玉県のご実家住まい。現在お仕事はされていないとのこと。

ペンネームがあのなんとかたま三郎かつ、びしょ濡れ……これはもしかして最低限《さいていげん》を下回るアウトな人でしょうか。

私は岩佐《いわさ》さんに目で合図を送ります。

この方はもしかしてよっぽどの人なのでは……？

「ギリセーフだね」

私の耳元でこっそり答える岩佐《いわさ》さん。

びしょ濡《ぬ》れの人は、ギリセーフですか！　さすがライトノベル業界。危ない人の定義がゆるゆるです。

「あの……いつもびしょ濡れなんですか？」

私は笑顔を作って、なるべく気にしていない雰囲気《ふんいき》を醸《かも》し出しつつ尋ねます。

もしずっとびしょびしょタイプの人でもちっとも気にしてませんよ、そんな感じで。

「ち、違います。駅からここに来る途中で、窓ふきの人から水をかけられてしまいまして……着替える暇《ひま》も時間もなくて」

よかったです！

どうやらいつもびしょびしょの人ではないようです。

なにか事情はあると思っていましたが、とりあえずホッとはしました。本当のところ、私は常時びしょびしょタイプは気にします。

「それは、ツいてなかったですね。タオルをお貸ししますので、一度、拭《ふ》かれてみてはいかがですか？」

私は急いで自分のデスクに戻ってハンドタオルを持ってきます。

ちょっと小さいですが、これしかないので仕方ありません。

「すみません、とりあえずジャケットを拭いていただいて……」

「はい、ありがとうございます」

権藤《ごんどう》さんは素直《すなお》に濡れたジャケットを脱いでそれをハンドタオルで拭いているのですが……。

ジャケットの下ががっつりアニメTシャツ！　しかもかなり痛めの！

たしかあれはアイドル物のアニメ、『シンデレラ・ラブ』バックプリントが大きいタイプのTシャツだったので、気がつきませんでした。

もちろんライトノベルレーベルですから、いわゆるオタクの方は大歓迎、なんの問題もありません。

ですが初めて編集部を訪問する際のスタイルとしてはいささか……。

せめて弊社《へいしゃ》のキャラクターのTシャツであればよかったのですが……。よく見ると、靴ではなくサンダル履《ば》きですし。

むしろジャケットがなければ近所のコンビニに買い物に来たスタイルとして成立する感じです。

私は再びチラリと岩佐さんに視線を送ります。

はたして、権藤さんは受賞しても大丈夫な人なのか……。

「ギリセーフだね」

岩佐《いわさ》さんはまたしてもセーフの判断。

ものすごく判定の甘いアンパイアです。

しかし、ライトノベル作家にはファッションセンスは必要ありません。そもそもうちの編集部には女性としてどうかと思うだらしないルーズなファッションの浜山《はまやま》さんもいます。見た目で判断してはいけません。浜山さんは中身で判断するのも難しいのですが。

とにかく必要なのは作品を書く力と最低限《さいていげん》のコミュニケーション能力。

「本日はわざわざお越しいただきありがとうございます。後ほど編集部をご紹介しますので」

私は気持ちを切り替えて、面談をリスタートさせます。

権藤《ごんどう》さんはかなり緊張《きんちょう》されているようで、ものすごくかしこまった座り方、背筋を不自然なほどにピンと伸ばし、手は膝《ひざ》の上、顔もこわばっています。

お気持ちはわかりますが、こんな小娘に緊張されては逆に恐縮《きょうしゅく》してしまいます。

「あの、お飲み物なにか飲まれますか？　お茶、コーヒー、紅茶、ホット、アイス、だいたいあると思いますが……」

「あ、ありがとう、ございます！　では白湯《さゆ》を」

「白湯……ホットの水ってことですか？」

「はい。白湯をお願いします。白湯に少々砂糖を」

権藤さんは背筋をピンと伸ばしたまま答えます。

「わ、わかりました……」

戸惑いを感じつつ、編集部のドリンクサーバへと急ぎます。

お茶、コーヒー、一般的なドリンクなら、ほぼなんでもあるドリンクサーバですが、白湯ですか……。

岩佐さん用のホットコーヒー、自分用に紅茶を。……そして権藤さんにはただお湯が出るボタンを。

白湯に砂糖。つまりはホットの砂糖水。カブトムシも寄ってこなさそうです。

――ふんだんに漂うギリギリ感。

もしいきなりお酒を要求されたならギリギリアウトですが、ホット砂糖水……。ダメではありません。

私はお盆で砂糖入りの白湯を運びながら、そんなことを考えます。

でもまだ判断するタイミングではありません、なるべく先入観《せんにゅうかん》なく、なにより、できるだけリラックスムードで……。

席に戻った私はさっそく作品の感想を伝えます。

「作品を読ませていただきまして、率直《そっちょく》におもしろかったです。この世界観、素晴らしいですね。ライトノベルではなかなか見なかったタイプと言いますか」

もちろんお世辞《せじ》ではありません。私も受賞を推《お》したわけですから、素直《すなお》な感想です。

感想を伝えると、権藤《ごんどう》さんの顔がパッと明るくなります。

「そうですか！　いや、僕もですね、この設定は気に入ってるんですよ。Ｊ・Ｇ・バラードの『結晶《けっしょう》世界』ってわかりますかね。あの作品からインスピレーションを受けてですね。最終的には全然違う感じになったんですけど、あの退廃的《たいはいてき》な雰囲気《ふんいき》と言いますかね、美しい滅びのようなニュアンスをですね……。いまの日本の雰囲気に六十年代のクラシックなＳＦのエッセンスを導入することで、逆に近未来の空気を表そうと試みたんですよね。僕はギギギ文庫では猫村先生が好きなんですけど、やっぱりそこに意識を持っていかれないようにですね。とにかくですね……」

急激に喋《しゃべ》りだしました！　ラッパー並みの早口です。一切《いっさい》の抑揚《よくよう》のないフロウで、リリックが止まりません。

目がギラギラして、顔も上気して赤くなり、ちょっと怖《こわ》いです！

もしかしたら危ない人なのでは……。

私は権藤さんに気づかれないようにチラリと岩佐《いわさ》さんを見ます。

岩佐さんは…………平然としています！

適当に頷《うなず》きながら、優雅《ゆうが》に髪のピンをとめ直す岩佐さん。ごくごく日常の風景といった様子。

新人作家さんを褒《ほ》めると猛烈《もうれつ》に語りだす。どうやらごく普通の光景のようです。

とはいえ、延々と作品の自己《じこ》解説をうかがっているわけにもいきません。そもそも、こちらの作品の感想もまだ伝え終わっていませんし。

私はフリースタイルの対戦相手のごとく、タイミングを見計《はか》らって、会話に割って入ります。オーイエー、オーイエー。

「そ、それでですね、いい点もあったんですが、構成の面では少し雑《ざつ》さが目立つと言うか……」

「落選ですか！」

がっくりとうなだれる権藤さん。まだほとんどなにも言ってないのに……。

この世の終わりのような表情。

さっきまであんなに楽しそうに自作品を語っていたのに、すごい落差です！

「落選というか、ただ作品の感想をですね……」

「もうダメだ。死のう。玉川上水《たまがわじょうすい》に身投げしよう」

「やめてください！　それはライトノベルのスタイルではないです！」

「でも、構成に難があるんじゃ生きてはいけない……」

「生きていけますよ！」

なんでしょうか、この感情のアップダウンの激しさは。

やはり、危ない人なのでしょうか……。

「大丈夫、大丈夫、新人がダメ出しでヘコむのなんて普通なんだからさ、セーフ、セーフ」

岩佐さんは堂々と権藤さんにも聞こえるレベルで言い放ちます。

「あの……いいんですか?」

私はなおも小声で耳打ちをしているのですが……。

「ちょっとまどろっこしいんだよね。こういうのははっきり言っちゃったほうがいいんだよ。あのね、あなたは今回の優秀賞がほぼほぼ内定してるわけね。それで一応、変な人じゃないか確認してるってわけ。大丈夫だよね?」

なんと岩佐《いわさ》さんは堂々とネタバラシしてしまいました。

岩佐さんは良くも悪くもさっぱりした性格。回りくどいやり方は好きではないのでしょう。

「ぼ、僕は怪《あや》しいものでは、ありません!」

権藤《ごんどう》さんはわざわざ椅子《いす》から立ち上がって宣言します。

「ほらね。怪しい人じゃないって。そう言ってるじゃん。だからOK、終わり」

岩佐さんはどうやらこの面談を早く終わらせたいだけのようです。

自分の仕事が溜《た》まってるんでしょうけど、いくらなんでも雑《ざつ》すぎます。

「岩佐さん!　困ります。これからちゃんとお話しして判断しますから」

「だって川の字はわかってないんだもん。あのね、ラノベ作家なんてほぼ全員変態みたいなもんなんだから。話を聞けば聞くだけ怪しさが醸《かも》し出されるだけだよ」

岩佐さんは私を〝川の字〟と呼ぶようにしたようですが、イバっち同様、定着する気がしません。

「ちょっと本人の前でなにを言ってるんですか！　ほら……落ち込んじゃったじゃないですか」

ただでさえメンタルの弱い権藤さん。

岩佐さんの話を聞いて、これまでよりさらに肩を落とし、真っ白な灰になったレベルでうなだれています。

「権藤さん。大丈夫です。それほど変だとは思っていませんから。我々としてはちゃんと連絡が取れて、原稿の修正に応じてくれて、締め切りを常識の範囲で守っていただければ、それで良いわけですから」

「それはもう……。原稿を直してくれるのはありがたいですから……。締め切りももちろんプロになるなら当たり前ですし」

権藤さんはしょんぼりしながらもしっかりとしたことを言ってくれます。

少々メンタルは弱いが、作家として真剣に取り組んでくれそうな印象を受けます。これならちゃんとお仕事のパートナーとしてやっていけそうです。

岩佐さんの言った通り、はっきりと目的を言ったほうが話は早かったのかもしれません。

そうそう、あとは念のために……。

「権藤さんこれは一応の確認なんですけど、この作品は盗作ではありませんよね？」

メンタルは弱いものの、気真面目《まじめ》そうな権藤さんです。私としては本当に事務的な確認のつもりで尋ねたのですが……。

「と、盗作……」

権藤《ごんどう》さんが猛烈《もうれつ》に震えています！

ガチガチと歯を鳴らして、まるで突如《とつじょ》として冬のシベリアに放置されたかのように。

「ご、権藤さん、まさか」

「い、いいいいえ、とととと盗作はしてません！」

「本当ですか？」

「ひぃいい、してない。本当なんだぁ！　ひいい、あいつが……あいつさえ……」

……どうしましょう。完全に盗作をしている人の挙動です。

一応、確認するだけだとばかり思っていたので、本当に盗作の場合はどうするべきなのか、まったく考えていませんでした。

「あの、岩佐《いわさ》さん、どうしたら……」

「ギリセーフだね」

「どこがですか！　盗作はダメですよ」

「そりゃパクったらダメだけどさ。権藤さん、とりあえず落ち着いてください」

岩佐さんは権藤さんの肩に触れ、優《やさ》しく語りかけます。

にっこりと微笑む岩佐さん。実に可愛らしい、後輩《こうはい》の私が見てもキュンと来る笑顔です。

「はあ、はあ、パクリじゃない……」

「そうですよね。私たちも疑ってません。そうだよね、川の字」

「は、はい……」

少なくとも、原稿を読んだ時点では私はまったく盗作に関しては疑っていませんでした。

なぜなら権藤さんの原稿は良くも悪くも粗削《あらけず》りなのです。

構成も文章もゴツゴツとした原石、そんな印象。もし盗作ならもう少しスマートになっているはずです。一部分だけであれば盗った部分だけポンと浮いている印象になってしまうはず。

そんな盗作の特徴はまったくありませんでした。よってこの作品が盗作であるなどまったく想像すらしませんでした。

……この崖《がけ》の上で自分が罪を犯した動機を語る犯人のような態度を見せる前までは。

「そんなに慌《あわ》てたら、私たちも、あれ？　ってなっちゃうじゃないですか。ゆっくり話してもらえますか？」

岩佐さんの笑顔と優しい言葉に、徐々に落ち着きを取り戻す権藤さん。

「すみません。僕、パクリとか盗作って言葉にトラウマがあるんです。初めて小説を書いたときのことです。まだまだ未熟で、知らず知らずのうちに、いろんな好きな作家さんの作品ツギハギみたいな物になってしまっていたんです。それをネットで公開したら、パクリ、パクリの非難《ひなん》の嵐《あらし》で……。それ以来、パクリとか盗作って言葉を聞くと、汗が出て……。心臓がバクバクして、冷静では……あああ、違うんだあああ、ひいいいい！　俺が悪いんじゃない。

この世界が悪いんだ。こんな腐った世界は……」

頭を抱えて髪を掻《か》きむしる権藤《ごんどう》さん。

一瞬で落ち着きを失ってしまいました！

「冷静に！　犯人口調をやめましょう。初期の習作なんて誰でもそんなものだと思います。そうですよね、岩佐《いわさ》さん」

「まあそうなんじゃない？」

岩佐さんは苦笑いしながら答えます。

「我々は初期の習作について尋ねてるんじゃないです。あくまでこの作品の話です。大丈夫ですよね」

「はぁ、ふぅ……、それはもちろん。すみません。取り乱してしまって」

権藤さんはなんだかゲッソリとしています。

とにかく事情はわかりました。

これほどメンタルの弱い権藤さんです。処女作が非難《ひなん》の嵐《あらし》に晒《さら》されたら、さぞショックを受けたことでしょう。筆を折ってしまわなかっただけでも偉《えら》かったのかもしれません。

「わかりました。ではそういうことで。こちらの原稿に修正いただきたいところを指摘《してき》してありますので、一度確認していただければ」

私は赤を入れた原稿を権藤さんに手渡します。

新人さんですので、赤は多め。たっぷりと修正点を挙げさせてもらいました。私も新人さんとの初のお仕事ということで力が入ってしまったかもしれません。

権藤さんにとって、最初の試練となることでしょう。

「ということは、僕は……その……受賞ってことに」

「はい。基本的にそのように解釈していただいて構いません」

すでに私の中で権藤さんはセーフになっています。

たしかに変わった人ではありますが、なんとなく会話の中に誠実さと作品にかける情熱を感じました。きっと素晴らしい作家さんになってくれるはずです。

それにこれくらいの変人、編集部に山ほどいます。もはや慣れっこなのです。

「やった……、ついに僕が……」

権藤さんはぎゅっと拳《こぶし》を握《にぎ》りしめて、何度も小さく「やった」と繰り返し呟《つぶや》いています。

目は潤《うる》み、かすかに涙が溜《た》まっています。

ここまでこぎつけるのに大変な苦労があったのでしょう。

投稿作を一作書きあげるには何か月もの月日が必要です。

それを何作品も何作品も、年単位の努力を続けて、百人に一人以下の狭き門を潜り抜けなければいけません。

なんだか見ているこっちもジンと来てしまいます。

——これから一緒に素晴らしい作品を作っていきましょうね。

私は心の中で、そう語りかけます。

そうそう、あとひとつ、お願いしておかなければいけないことが。

「ペンネームなんですけど、その……、この……き、きんた……」

私は下ネタが苦手です。口にするだけでも顔が真っ赤になってしまうのです。

いまもおそらく顔が真っ赤になっていることでしょう。

しかし、これも権藤《ごんどう》さんのため。こんなペンネームが許されるのはギャグ作家がせいぜい。

ファンタジーでこの類《たぐい》の三郎はダメです。

しかし権藤さんにとっては意外だったようで……。

「えっ、ダメなんですかきんたま三郎!?」

「堂々と言わないでください。ダメですよ」

「はぁ……そうですか。せっかく姓名判断で最高の画数《かくすう》だったのに……」

「画数以前の問題です！」

なんでこんなペンネームの姓名判断をしているんですか！

てっきりどうせ受賞しないから、と適当につけたペンネームだと思っていたのですが……。

案外思い入れのあるペンネームだったようです。

だとしても絶対ダメですけど！

「じゃあ、原稿の修正と新しいペンネームよろしくお願いしますね」

私は有無《うむ》を言わさぬ口調で厳命《げんめい》します。

「わ、わかりました。どうしようかな……ちん、ちんぽ……チンポコリーヌ・権藤」

「真面目《まじめ》にやってください！」

なぜ下ネタにこだわるのですか！

メンタルが弱いはずの権藤さんが、むしろ強心臓《きょうしんぞう》の持ち主のような気がしてきました。

とにかく普通のペンネームを考えるようお願いして、今日の面談を終えます。

岩佐《いわさ》さんと私で、受賞の喜びとやる気に満ちた権藤さんの背中を見送ります。

「岩佐さん。私大丈夫でしょうか……」

「なにが？」

「権藤さんメンタルが弱いようですし、もし潰《つぶ》れるようなことがあったら……」

「川の字、死ぬよ」

またしても岩佐さんの「死ぬよ」が飛び出しました。

薄い唇を固く結んで、先ほど権藤さんに見せた笑顔とは別人のような厳《きび》しい顔。

〝厳しい現実〟が具現化して女神となって降臨《こうりん》したらこんな感じでしょうか。

「なにがでしょうか」

「どうせ、新人作家に寄り添って、ラノベ作家として長く活躍できるようにとか、そんなこと考えてるんでしょ？」

「もちろん、そのつもりです！」

私は胸を張って宣言します。

「ねえ、川の字、中学館《ちゅうがくかん》ライトノベル大賞、今回の受賞者は何人か知ってる？」

「もちろん五人ですけど」

新米編集の私でもそれくらいはわかります。

「去年は？」

「去年も五人です」

「ってことは毎年それくらいの作家が退場してるってことじゃない？　刊行点数が増えてるんじゃなければ」

「……まあ、そうです」

ギギギ文庫は毎月六作前後のライトノベルを出版します。それはレーベルができてから変わっていません。刊行点数が一定ということは、作家さんの数もほぼ一定。増えた新人さんの分、席を譲《ゆず》っている作家さんがいるはずです。

「はじめて担当する新人だから入れ込むのはわかるけど、しょい込みすぎると、潰《つぶ》れるのは川の字のほうだってこと」

岩佐《いわさ》さんはそう言うと、コーヒーの入った紙コップにピンク色の唇をつけます。

どこか寂しげな表情。

もしかしたら、岩佐さんも入れ込んだ新人作家さんがいたのかもしれません。

そしてその結果はあまりいいものではなかった……。

「でも、私、編集長と約束したんです。作家を潰さないって」

「よく言うよ。あの人ほど潰した人いないでしょうが！　あの人はね、幼女の皮を被《かぶ》った鬼…」

「岩佐、なに？」

岩佐さんの背後にいつの間にか編集長の姿が……。

小さすぎて気がつきませんでした。

その小さい身体から溢《あふ》れんばかりの威圧《いあつ》的なオーラ。

「ち、違うんです！　とにかく違うんですっ！」

私はなにが違うのか自分でもまったく理解していないまま、「違うんです」を連呼。とにかく自分に敵意がないことをアピールします。

「あ、編集長。別に他意《たい》は。ただ川田《かわた》にリアルを教えてあげただけで。新人を入れるってことは、戦力外通知もあるってことを」

一方、岩佐さんは意外と冷静。こういった不意打ち編集長にも慣れているご様子です。

「ああ、そう、なんかわたしの悪口を言ってる気がしたんだけど、鬼だとか言ってなかった？」

編集長はぱっちりとした目を細め、猜疑心《さいぎしん》たっぷりに岩佐さんを見つめています。

「いえいえ、全然。言うわけないじゃないですか、こんな可愛い幼女に」

明らかに言おうとしたところだったのに……。岩佐《いわさ》さんはしれっと否定です。

「わたし、なぜか誤解《ごかい》されやすいんだよね。誤解を助長《じょちょう》してる人がいるんじゃないの」

岩佐さんの顔を睨《にら》み続ける編集長。

とにかく話題を変えないといけません……。

「とにかく私は権藤《ごんどう》さんを潰《つぶ》しませんっ。ご安心を」

私は改めて編集長にそう宣言します。

「そうね。川田《かわた》は潰しちゃダメ。だって、作家の生殺与奪《せいさいよだつ》の権利はわたしのものだから。川田ごときにそんな権利はないよ。作家は編集部の財産だって言ったでしょ、そして編集部の財産はわたしの財産。作家を潰すのはわたしの特権だから」

物騒《ぶっそう》な発言をしながら、ニヤリと笑う幼女。

もちろん露悪的《ろあくてき》な性格からの誇張《こちょう》もあるのでしょう。

実は編集者には厳《きび》しい編集長ですが、作家さんには優《やさ》しい側面もあります。

才能があると判断した作家さんは売れなくとも長い目で見ますし、売り上げが見込めない内容の作品でも、これは世に出す意義があると感じれば、赤字覚悟《かくご》で出版にGOサインを出すこともあります。厳しいと同時に情が深い。昔気質《むかしかたぎ》で、鬼コーチ気質の幼女なのです。

「そもそも作家を潰してるようじゃ、編集長として二流だし」

ほらやっぱり、編集長の心の奥底には優しい気持ちが流れているのです。

「やっぱり生かしてこそ一流ですよね」

私も大きく頷《うなず》いて同意を示したのですが……。

「はあ？　違うね。作家は切って、漬けるよ。それから干す」

潰したり切ったり、干したり……。なんだか料理みたいになってきました。

……どういう意味でしょうか？

「潰すって、作家を育てようとして、失敗して筆を折らせちゃうってことでしょ。そんなものは二流の仕事ね。一流は使えないと思ったら、そして、こいつわたしに逆らう気だなと思ったら……えへへへへへ」

編集長は軽やかに笑います。

その笑みはまさにピュアな幼女そのもの。

発言内容とのギャップが酷《ひど》いです！　鬼コーチ気質ではなく、鬼気質！

「はは……」

天真爛漫《てんしんらんまん》な笑みに釣られて、私も笑顔を浮かべますが、その後、編集長が語ったことは……。

「えへへへ、もしこいつ許さないってなったら、切るのね。一応、企画を出してもらうんだけどね。[redacted]、他レーベルで活躍しないようね。[redacted]を[redacted]で[redacted]してそれから、[redacted]！」

私の心が限界《げんかい》を超えました！

耳でははっきりと聞こえているはずなのに、不思議なことに言葉の意味が理解できません。

可愛らしい幼女が口を動かしている光景が目に映るだけ。

おそらく心がその言葉を理解することを断固拒否しているのです。表現の自由を重んじる編集者としては望ましいことではありませんが、脳が表現を規制しているのです。

それでも楽しそうに語り続ける編集長。

ついには私の脳は現実を拒否し始めました。

「わたしねー、作家さんたちが大好きだから、喧嘩《けんか》しちゃったら、一緒にピクニックに行って、仲直りするんだよ。おにぎりを一緒に食べるんだー。楽しいよねー」

おそらく私の精神がこれ以上、ショッキングな話を聞くことを拒否しているのでしょう。

脳が勝手に編集長の言動を可愛らしい見た目に寄せた言葉に変換します。

大きな身振り手振りで熱心に語る編集長。

「わたしは編集長、作家さんがだーい好き！　部下もだーい好き、ルンルンルーン」

私の脳は編集長の身振り手振りに合わせて勝手なアフレコを続けます。

こうでもしないと私の精神が持たないのです。

私の脳が理解を拒否しているとも知らずに、楽しそうに語っています。

語り続けること十五分以上。ついに満足されたのか、演説を終了してくれました。

「作家だけじゃないからね。あんたらも油断してると、干すよ！　おい、浜山《はまやま》、いま寝てなかった？　干すよ！　井端《いばた》、へー、今日は眼鏡《めがね》かけてるんだ、干すよ！」

最後に部下を楽しげに脅《おど》しながら、横断歩道を渡る児童のように大きく手を振り大股で編集部を縦断し、自分のデスクへと戻って行きました。

「ふぅー。普段から口が悪い人のブラックジョークを聞くと、疲労感が半端《はんぱ》ないね……」

さすがの岩佐《いわさ》さんも小さくため息を漏《も》らします。

どうやらブラックジョークだったようです。

「大丈夫ですか？」

「ちょっと意識が飛びかけたけど、まあなんとか。川の字はどう？　時空が歪《ゆが》まなかった？」

「不思議なことに……幻聴が」

「ああ、そっちのタイプ？　編集長の本気を垣間見たら、常人は正気ではいられないからね」

それが普通って！　どんな編集部なんでしょうか。

いつかは私も編集長の本気にぶつかっても耐えられる精神力に……。とはなりません。常人で結構です。

「編集長は大げさに言ってたけど、結局、新しい作家さんを迎えるのも仕事だけど、作家さんとさよならするのも私たちの仕事だからね。残酷《ざんこく》な仕事なことはたしかだよ」

岩佐さんは遠ざかる幼女の背中を眺めながら言います。

「……そうですよね」

「あの鬼の子が編集長じゃなくても、ライトノベルレーベルの宿命として、数字が出ない作家さんは次は厳《きび》しくなるからね」

岩佐さんの言うことは間違いなく事実です。

まだ私はキャリア半年なので、作家さんに戦力外通告を出したことはありません。

作品を愛し、作家さんも愛し、自分も編集者として、できる限りのサポートをする。それだけでお仕事を全うできるわけではないのです。

「入ってくる新人さんがいれば、去っていく方もいるんですね」

「自分で違うと思って別の道を行く作家さんも多いしね。その結果、他で芽が出ることもあるし。別のレーベルとかシナリオとか。別に去ることが必ずしも悪いことってわけじゃないから、それでいい方向に向かうこともあるし」

権藤《ごんどう》さんとはどれくらいのつき合いになるのでしょうか……。

できればヒットを飛ばして長くギギギ文庫で書いていただきたいのですが。

「そうそう、いい機会だから、作家とのお別れのしかたを教えてあげよっか。メールだといろいろアレだから、『大事な話があります』って重いテンションで電話をするのね」

「いい機会じゃないです！　不吉なことを言わないでください」

なぜ、権藤さんの作家としての船出の日にそんな物騒《ぶっそう》なことを……。しかもちょっと楽しそうに。完全に理解不能です。

私は権藤《ごんどう》さんにそんなことはしません。

ちょっと変わった人ですけど、作品はとても素敵です。

作家と担当編集として末永くおつき合いするつもりです。

「私は少なくとも向こうがやめると言うまではちゃんとおつき合いしますから」

「うん、うん。そう思ってたけど、やっぱ無理ってなったときはね……、重いテンションで電話を」

「なりません！」

なぜか執拗《しつよう》に作家とのお別れ術を教えようとする岩佐《いわさ》さん。

権藤さんはギリセーフの人ですが、岩佐さんもまたギリセーフな人である気がしてきました。

もちろん編集長は思いっきりアウトの人。……というか鬼なのです。

3
「あんたの目はアニメ鑑賞専用だっけ？」

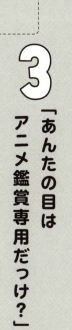

午前二時の編集部。

一般的な企業であれば、こんな時間には誰もいないはずですが……。

編集長を除くギギギ文庫編集部員全員が勢ぞろいしています。

別に帰りたくないわけではありません。ただ仕事が終わらなかっただけです。

「二日連続なんよね、あと一時間早く終われたら間に合ったんよ。とほほー、もうダメぽ」

井端《いばた》さんはしょぼくれながらはっきりと「とほほー」と発音しています。

本当に「とほほー」と声に出す人を井端さんしか知りません。「ダメぽ」をリアルで発する人も。端正《たんせい》な顔立ちが台無《だいな》しです。

その手にはハイボールの缶。

終電には間に合わなかったものの、すでに今日のお仕事はフィニッシュしているようです。

「今日は大変だったんですか？」

私はいかにも事情を聞いてほしそうな井端さんに後輩《こうはい》の義務として尋ねます。

「カバーイラストのデザインやり直しになったんよね……。なにが七百部のオーラなンゴ！おのれー編集長、ウチのプライベートタイムをどれだけ奪えば……ヘイト値が溜《た》まりっぱなしなんよ！」

憎しみでハイボールを強く握《にぎ》りしめる井端さん。

同じ目に遭《あ》った者として、お怒りは理解できますが、……私より二百部多い。ちょっと悔しいです。

「そもそもなんで編集長だけ帰ってるの。ズルくない？」

岩佐《いわさ》さんもすでにビールの缶を開けています。もちろん漢方薬《かんぽうやく》の小袋も。

ギギギ文庫編集部では終電を逃すことは日常《にちじょう》茶飯事《さはんじ》。よって、終電を逃した編集者の疲れを癒やすべく、冷蔵庫には常に軽い飲み会ができる装備があるのです。

「まあまあ、編集長と我々はお仕事の内容が違うわけだから。しょうがないわね」

そう岩佐さんをなだめたのは副編集長の星井《ほしい》さんです。

いつも柔らかな物腰、後輩である我々にもいつも優《やさ》しい口調で接してくれます。

星井さんもまた美女です。

ギギギ文庫編集部ではトップのセクシー系。冬にもかかわらず、今日もタイトなミニスカート姿。艶々《つやつや》のストレートヘアーをさっと指で掻《か》き上げるその艶めかしさといったら……。発散されたフェロモンが目視で確認できそうなレベルです。

星井さんはすでにビールを一本開け、ワインに移行しています。ほんのりと赤みの差した頰《ほお》、グラスの中で揺れる赤ワイン、いつもより多めにフェロモンを発散しています。……残念ながらどれだけフェロモンを放出してもここには女子しかいませんが。

星井さんのデスクは整理され、ほとんど書類は出ていません。その代わりに観葉植物と、高級そうなお肌の保湿機能つきスチーマー、それに香水の瓶《びん》。

ひとりだけ、カフェで仕事しているような雰囲気《ふんいき》です。そんなデスクに腰掛け、長い脚を大胆《だいたん》に組み替えます。今日はなんとガーターベルトです。

「でもさー星井《ほしい》姉さん、編集長酷《ひど》いんですよ。頑張ってるのに、この仕事量でこの残業はありえない。残業代出せないとか言って。これくらい定時でこなせるとか！　あいつちっちゃい子だから計算できないんすよぉ！」

岩佐《いわさ》さんは自分のキャスターつきの椅子《いす》をすいーっとスライドさせて、星井さんの隣に平行移動します。

岩佐さんは星井さんの脚にもたれ掛かり、甘えるような口調。岩佐さんは星井さんになついているのです。それは他の編集部員も同様。井端《いばた》さんも「ンゴンゴ」言いながら、編集長への憎しみを伝えます。

「今期のアニメの録画いつ消化しろっていうんよぉー！」

まあ、それは消化しなくてもいいのですが……。

編集長の独裁の反動で副編集長の星井さんは愚痴《ぐち》を聞く窓口として機能しているので、結果的に人望が集まりやすいのです。

「ウチは星井さんが早く編集長になってほしいんよねえ」

「いえ、いえ、私なんてまだまだその器じゃないわね。編集長の厳《きび》しさも、編集部の将来を考えてあえて嫌われ役を買って出てるところもあるから。幼女なのにものすごい体力だし。私は

「まだまだ、編集長には……ウフフフ、フフフフ」

星井《ほしい》さんは否定しながらも、猛烈《もうれつ》にほくそ笑んでいます。

言葉では「まだまだ」と言いながら明らかにそのポストを狙《ねら》っている人なのです。

「でも、もう限界《げんかい》ですよ。早く星井姉さんが編集長になってくれないと肝臓が持たないよ」

意味もなく星井さんの太ももを突きながら、ぐびぐびビールを飲む岩佐《いわさ》さん。

「でもあの人まだポジション譲《ゆず》る気ないでしょ。ポストが開かなければねえ。どうしてもと言うなら……ウフフフ、ククク、編集長のコーヒーに……ククク、青酸《せいさん》……クスクスクス」

……ワイングラスに映るゆがんだ星井さんの笑顔。

編集長のコーヒーをどうするつもりなんでしょうか。青酸がつく言葉を私はひとつしか知りませんし……。

お酒の入った星井さんからはフェロモンと同量以上に野心《やしん》が駄々《だだも》洩れになります。

この方はこの方でかなり危ない気が。

「まだまだ先の話ですから、いまはこうしてストレス発散しましょう。ほら川田《かわた》ちゃんもそろそろ切り上げて、一杯やろう。ね？」

星井さんはそう言うと私にも桃サワーの缶を一本渡してくれます。

私が甘いお酒しか飲めないことも把握してくれて……。素晴らしい先輩《せんぱい》です。

「ありがとうございます。でも……」

「大丈夫。毒は入ってないから」

「そんなことを気にしてません！　あと一本メールを送ってから」

私の仕事もついに終わりが見えてきました。

先ほど赤字を入れたＰＤＦファイルを送れば、あとは明日でも大丈夫です。

これで私も編集部内飲み会に晴れて参加できます。

「よし、川田ちゃんも終了。お、つ、か、れ♡」

改めて桃サワーを差し出してくれる星井さん。

「ありがとうございます」

「うーん、可愛いわね」

サワーを渡しながら、私の頭を優《やさ》しく撫《な》でる星井さん。

はす向かいのデスクから身を乗り出しているので、胸元がかなり露《あら》わに……。

酔《よ》った星井さんはエロティックさが過ぎます。

自分にお疲れ様の意味を込めて、桃サワーを一口。

疲労した脳にじんわりと桃の香りが染み渡ります。終電は間に合わなかったけどなんとか終わってよかったです。

「真面目《まじめ》すぎだよ、川の字は。そんな真面目だと肝臓やっちゃって死ぬよ。浜山《はまやま》さんを見習ったら？」

岩佐《いわさ》さんはすでにかなり酔《よ》っぱらっているようで、親しげに私の肩に手を回して、ぐいぐいと揺さぶります。

その見習うべき浜山《はまやま》さんは……。

ベロンベロンです。

たしか著者校用の戻しを今日中にやらなければいけないはず。

浜山さんのデスクに広げられた原稿はまだ半分ほどしか進んでいないように見えますが、その原稿の脇にはハイボールの500㎖缶がすでに三本ほど空に……。

「大丈夫ですか？　お酒飲みながら仕事はさすがにまずいのでは？」

「そーだーよー。だからあたしはー集中して飲酒してるんだよー」

そう言いながら、さらにもう一本ハイボールの缶を開ける浜山さん。

へにゃへにゃと笑いながら、意味なくゆらゆらと上半身を揺らし変なリズムをとっています。

「どっちに集中してるんですか！　いいんですかそんなことして？　著者校は？」

著者校とは原稿を著者本人が修正する作業。編集者はいただいた著者校をチェックし、矛《む》盾《じゅん》点などがないか確認し、修正点を反映《はんえい》させた上で印刷所に戻さなければいけません。

「あー、生意気だぞ。川っちょねー。あたしに飲酒を語るなんてねー、百年早いんだよー」

浜山さんは私を〝川っちょ〟と呼びますが、こちらもまた浸透《しんとう》していません。

「飲酒について語ってるんじゃなくて、仕事についてです」

「あー、そっちかー。あんまり興味ないなー」

「ここをどこだと思ってるんですか？　居酒屋じゃなくて編集部ですよ。原稿大丈夫なんですか？」

ちょっと私の発言が生意気すぎたのか、浜山さんはムッとした様子。

タレ目を精一杯《せいいっぱい》釣り上げて私を睨《にら》みます。

「あー、川っちょ、あれだぞー、新入りのくせに、あれだぞー、仕事ってー、えーとねー、オンオフがー、えーとねー、クルッとねー、だから、逆にそうなんだよー」

すでにかなりお酒が回っているのか、浜山さんはなにを言いたいのかまったくわかりません。わかりませんが、後輩《こうはい》が先輩《せんぱい》の仕事の進行を心配するのは余計なお世話だったかもしれません。きっとどうにかするのでしょう。

浜山さんは大胆《だいたん》な勤務態度で定評がありますが、大きな一発を持っていることでも定評があります。

突如《とつじょ》としてヒット作を作ったり、突如として大物作家さん、大物イラストレーターさんを連れてきたり。

その意外性のある一発で何度もクビを免れているそうです……。

「川の字は真面目《まじめ》すぎ。ちゃんと浜山さんは知ってるんだよ。今日中がいつかってことを」

岩佐さんもさらに酔いが回ったようで、顔を真っ赤にしています。

「どういうことですか？」

「川の字は今日っていつまでだと思う？」

「今日というか……もう過ぎちゃってますけど、午前零時《れいじ》までですか？」

「ブブーッ！　今日は次に編集長に会うまでだよっ！　仕事はそれまでにやっておけばセーフとするっ！」

岩佐《いわさ》さんはピンと人差し指を立てて、そう宣言します。

「とする、とするなー」

うんうんとうなずく浜山《はまやま》さん。

すでに椅子《いす》に座ることも放棄《ほうき》して床に身体を投げ出しています。編集部で寝酒。本当に大胆《だいたん》な方です。

「そして明日は編集長は打ち合わせで夕方まで出社しない。つまりは明日の夕方までは今日なのであーる」

「であーるであーる」

さっき開けたばかりの浜山さんのハイボールの缶がまた空になりました。

ペースが速すぎです。

目もとろーんとして、恍惚《こうこつ》の表情。本当にお酒が好きなのでしょう。

「たまの息抜きも大事なこと。そこのバランスを取らないと続かないわよ。そのために栄吉《えいきち》さんがいるんだから」

栄吉さんは美少女ではありません。なんと、ちょっと大きめのプレーリードッグです。

美少女どころか、人間ですらありません。

ギギギ文庫編集部で飼育されているペットなのです。

編集部内を北米に住むリス科の小動物がうろついていたら、本来ビックリするところですが、ギギギ文庫は幼女が君臨《くんりん》するライトノベルレーベル。

むしろさもありなんと思ってしまいました。

「ワヌ、ワヌ！」

栄吉さんは自分の話をされていることがわかったのか、星井《ほしい》さんに小走りで駆け寄ると、太ももの上に飛び乗ります。

栄吉さんは編集部員の中で一番星井さんに懐《なつ》いているご様子。普段から星井さんの周りをうろついていることが多いです。

逆に編集長には一切懐いていません。編集長は幼女とあってもちろん小動物が大好き。しかし栄吉さんは編集長の手からは絶対に餌《えさ》を食べようとしないのです。

「ワヌ、ワワヌ」

栄吉さんはプレーリードッグなのでお酒は飲みません。

少量の牛乳と牧草をアテにチビチビとやっています。

星井《ほしい》さん、浜山《はまやま》さん、井端《いばた》さん、私、一応栄吉《えいきち》さんも。今日の編集部は終電を逃した編集部員で溢《あふ》れています。

そんな編集部員が集まってお酒を飲むとなれば……。

「あのドS幼女許さないんよ！　ウチらの蜂起《ほうき》の時は近いんよねっ！」

もちろん編集長への不平不満です。

どこの会社でも同じなのでしょうが、上司の悪口を超えるお酒のつまみはありません。編集者らしく、隠喩《いんゆ》、暗喩《あんゆ》、対句法《ついくほう》、押韻《おういん》。ありとあらゆる表現を使って、日ごろの不満を吐き出します。

「なにかあの合法ロリを葬《ほうむ》る合法的手段はないの？」

お酒が回って岩佐《いわさ》さんも物騒《ぶっそう》なことを言い出しています。

「こらこら岩佐ちゃん。ちょっと言いすぎなんじゃないかしら。それはそうと、ちょっと小耳に挟《はさ》んだんだけど、岩佐ちゃんの飲んでる漢方とインターフェロンという薬を××して〇〇すると、間質性肺炎《かんしつせいはいえん》を誘発して……」

星井さんはたしなめつつもより具体的かつ過激です。

……しかも、絶対に通常の生活では小耳に挟まない情報。明らかにしっかりと調べていないと出てこない話です。

幼女編集長の圧政よりも、この口調が優《やさ》しいセクシー毒殺お姉さんのほうが実は怖《こわ》い人のよとにかく編集長は相当恨《うら》みを買っているらしく、私はこんな目にあった、私なんかこんな目にあった被害自慢が止まりません。

そこからのそれぞれが編集長に言われた酷《ひど》いこと大会。

優勝は井端さんの言われた「あんたの目はアニメ鑑賞専用だっけ？」です。

さらには誰が作ったのか、編集長暴言カルタ大会まで。

ちなみにカルタの「あ」は「愛人？　編集長なら声優も余裕でイケるでしょ」です。

カルタ大会の優勝者はなんと栄吉さん。他の方々は酔《よ》っぱらってほぼほぼお手つきです。

そう言えば私にはずっと気になっていたことが。

「あの……、そもそもこの編集部はなぜ編集長が幼女なんですか？」

私は被害自慢大会が小休止となったタイミングで岩佐さんに聞いてみます。

入社して半年、ずっと気になっていたのですが、みなさんがあまりに当然のようにお仕事されているので、聞く機会がありませんでした。

「あー、そのこと……。それは諸説あるね」

岩佐さんはなにをいまさらといった様子で応えます。

「諸説ですか」

「その中でも有力な説は、編集長として、編集部員を叱《しか》り飛ばし、ダメ出ししまくっているうな気が……。

ちに、自然に幼女になったという説ね」

「……どういうことですか？」

「あの編集長はね、よくも悪くもワンマン編集長なわけ。自分の意見をごり押しして、部下を叱《しか》りまくる。そのために一番効率のよいビジュアルはなんだと思う？」

「……もしかして幼女？」

たしかに幼女の姿ならば、多少の横暴も幼女の言うことだからと、聞き流せます。

「その通り。見た目を編集長の業務に最適化させたってわけ。編集長になって、編集部員を叱りまくってるうちに徐々に幼女になったらしいよ」

「あれは一種の進化なんよ」

岩佐《いわさ》さんの言葉に井端《いばた》さんがそうつけ加えます。

まさに生命の神秘《しんぴ》！

もしそうだとしたら、編集長はものすごく仕事に情熱を燃やしている人なのでは？　自らの姿を変化させてまで仕事にかけるなんて……。

「あれえー、そんなんだっけ？」

岩佐さんの所説に異論を挟《はさ》んだのは浜山《はまやま》さんです。

またさらに飲んだようで、完全に出来上がっています。書籍で言うところの校了です。

「あのねー、えーと、私はさー、編集長が幼女になったのはー、紅の豚の主人公が豚になった

!
コク
コク
コク

理由と同じだってきいたよー」

床に寝っ転がって顔だけ起こしている浜山《はまやま》さん。いつものちょっとルーズな着こなしがさらにルーズになっています。セーターがずり落ちて肩が丸出しに。

「……ああ、なるほど。紅の豚と…………なんで豚になったんでしたっけ？」

「さあ!?」

「知らないんですか!?」

「うーん。なんだっけ？　豚シャブの食べ過ぎだっけ？」

浜山さんと話しているとちょっと気が遠くなります。

「いまとなっては編集長がなぜ幼女なのかなんて、どうでもいいんよ。大事なのはどうすればあの幼女を豚シャブのように大人しくできるかなんよね」

……豚シャブは大人しいの例《たと》えとして、どうかと思いますが、井端《いばた》さんもお酒のせいでちょっと興奮《こうふん》状態です。

「あの、栄吉《えいきち》さんは……、もしかして昔は人間だってことは……ないですよね？」

私は詳しく知っていそうな星井《ほしい》さんに尋ねます。

編集長が幼女に進化したのですから、もしかしたら栄吉さんも、どなたかが進化の末にプレーリードッグになったのかも……。だとしたら、勝手に頭を撫《な》でたりすると失礼に当たります。

「最初からプレーリードッグに決まってるじゃない。あれ？　川田《かわた》ちゃん、酔っぱらってる？」

星井さんはさも当然であるかのような口調。なんでこっちは当然……。ちょっと納得いきませんが、それであれば撫でてもＯＫです。

「とにかくプレーリードッグより編集長だよ。あの編集長は幼女でも許せないってこと！」

強引に話を戻す岩佐《いわさ》さん。よほどうっぷんが溜まっているのでしょう。

そしてその後はまたしても悪口大会。

はじめから更《ふ》けていた夜は明け、ついには始発の時間が近づきます。

編集部は基本的に午後一時前後が就業スタートの時間。

始発で一度帰って、仮眠をとって、シャワーを浴びて、支度して、また出社。それくらいの時間はあります。

朝日でうっすらと明るくなる窓の外。それを感じて、他の編集部員もゆっくりと帰り支度モードに。

「いい、川の字。編集者って打ち合わせとか、おつき合いの飲みが多いよね。酒豪の作家さんだと、すごい飲まされたりするけど、それでもね、お酒を次の日まで引っ張っちゃダメ。切り替えが大事だからね。これも一種の仕事だよ。わかってる？」

岩佐さんはふらふらのくせにしっかりと先輩面《せんぱいづら》でアドバイスします。

「次の日はしゃっきり出社。これが編集者なんよねえ」

井端《いばた》さんはまだマシでしょうか……。

端正《たんせい》な顔が真っ赤になってますが、足取りはしっかりしています。

「酒は飲んでも飲まれるなー！」

そう言う浜山《はまやま》さんは飲まれています。

しかし、趣旨としてはわかる気もします。

編集者となれば、作家さん、イラストレーターさんとのお酒の付き合いを通して、お仕事に繋《つな》げることもあります。

お酒を飲む機会は多いですが、お酒に飲まれて、仕事に支障が出るようではいけません。

「じゃあ、明日も、というか今日だけど、頑張りましょうね！」

星井《ほしい》さんの〆《しめ》の言葉で解散となります。

編集部でお酒を飲むなんてはじめての体験でしたが、これはこれで悪くありません。

星井さんの言葉ではないですが、いい息抜きになりました。

睡眠時間は少なくなってしまいましたが、リフレッシュできた気がします。明日から切り替えてまた頑張りましょう！

◆

帰宅して、五時間後。

私は近代的な中学館《ちゅうがくかん》ビルへと再び足を踏《ふ》み入れます。

守衛さんに挨拶《あいさつ》して、エレベーターで第四コミック局の入っている五階へ。

少々ダルさがありますが、幸いお酒は残っていません。

これならなんとか今日一日を乗り切れそうです。

――よしっ、今日もやるぞっ。

ゆっくりと上昇するエレベーターの中で私は仕事モードに気持ちを切り替えます。

朝までお酒を飲んでいたとしても次の日はしゃっきり出社。それが編集者なのですから。

「おはようございます！」

元気よく挨拶しながら、フロアの一番奥に位置する編集部へと向かいますが……。

「ワヌッ、ワヌッ！」

返事はプレーリードッグからしかありませんでした。

小動物だけに人間よりも睡眠時間は短いのか、栄吉《えいきち》さんは元気いっぱい。ギギギ文庫全作品が揃えられた本棚の隅《すみ》っこにひまわりの種をせっせと隠しています。

しかし稼働《かどう》しているのはプレーリードッグ一匹だけ、まだ他の人は来ていないようです。

あと五分で午後一時なのですが……。

私とプレーリードッグしかいないとは……。

なんだか、北米の草原に迷い込んでしまったのかと錯覚します。

――午後一時十五分。

次に現れたのは岩佐《いわさ》さんでした。

「おはよう……」

蚊《か》の鳴くような声で挨拶《あいさつ》すると、倒れこむように着席します。

しかも顔面蒼白《そうはく》。

「大丈夫ですか!?」

「……え、なにが?」

「なにがって、ものすごく体調が悪そうじゃないですか。二日酔《ふつかよ》いですか?」

「……編集者たるもの、お酒は……次の日まで……ウプッ」

「完全に次の日に残ってるじゃないですか!」

岩佐さんはヘパリーゼで漢方薬《かんぽうやく》をザラザラと流し込みます。いつもより漢方薬の種類も多め、何種類も一気に流し込んでいます。

岩佐さんは勝ち気な性格に反して、身体はめちゃめちゃ弱いのです。特に肝臓の弱さは圧倒的、お酒の残り方も人一倍なことでしょう。

「……人聞きが悪いな。元気……バリバリだよ……」

その声がすでに元気ではありません。

昨日の発言のせいで意地になっているのでしょうが……。

「お水持って来ましょうか？」

「えっ……なんで……お花に水でもあげるの？」

岩佐さんが二日酔いだからに決まっています。

後輩《こうはい》に弱みを見せたくないのか、本当に頑固です。

「他の先輩《せんぱい》方は大丈夫ですか？　星井《ほしい》さんまで来てませんし」

「……あたりまぇじゃない。……星井姉さんが編集何年やってると思ってるの。ありとあらゆる接待《せったい》を乗り越えてきてるからね……。あんなの飲んだうちにも入らないよ」

たしかに星井さんはしっかり者のお姉さんタイプ。

仕事のミスもなく、編集長に叱《しか》られた後輩たちのなだめ役です。

そんな星井さんがついに姿を現しました。

「あ、星井さんおはようございます」

「……………」

星井さんからはなんの返事もありません。

無言で自分の席に着くと、頭を抱えたまま微動だにしません。

「あの、星井さん!?」

「………はぁ」

星井《ほしい》さんから返って来たのはものすごく小さなため息だけ。顔が真っ青です。昨日はあれほど発散されていたフェロモンがゼロに……。家に置き忘れて来てしまったのでしょうか？

「あの、もしかして二日酔《ふつかよ》いですか」

「…………はぁ」

「……星井姉さんが二日酔いなわけないじゃん。……どれほどの死線《しせん》を越えてきたと……うっ、……思ってるの。関羽《かんう》レベルの……酒豪……だよ」

「……はぁ」

弱弱しく一応頷《うなず》く星井さん。頭をあまり動かしたくないのか、すごく慎重に頷いています。

……ふたりそろって、二日酔いは絶対に認めないのですね。

「……ほらね、姉さんはお酒残らないタイプだから」

岩佐《いわさ》さんはそう言いながら、私に見つからないようにこっそりと漢方薬《かんぽうやく》とヘパリーゼを星井さんに手渡しています。

「…………はぁ」

しかし星井さんはそれを飲む元気すらありません。

ヘパリーゼを握《にぎ》りしめたまま、席から崩れ落ち、床に横になってしまいました。

「だ、大丈夫ですか!?」

「……だ、大丈夫に決まってるじゃん。……ストレッチしてる……だけだょ」

「どこも伸びてない気がしますけど！」

床に突っ伏したまま微動だにしてませんよ！

ただただ苦しそうな吐息《といき》を漏《も》らす星井さん。

「こんなの……星井さんからしたら……はぁ……」

「……はぁ……」

「ワヌッ！」

吐息とプレーリードックの鳴き声だけが聞こえる編集部。

こんな状態で大丈夫なのでしょうか？

「おはよーございまーーす！」

「おっす、川田《かわた》兄貴、オッスオッス、なんよ！」

そんな吐息を切り裂いて、大きな声が。

浜山《はまやま》さんと井端《いばた》さんの声です。

元気いっぱいの声。どうやらふたりは二日酔いではないようです。

よかった……。と思ったのも一瞬でした。

そのレベルを超えてしまっています！

「浜山さん、井端さん、なにやってるんですかっ！」

肩を組んで編集部に登場したふたり。

ふたりの頭にはパーティー用の厚紙でできた三角帽子、肩からは〝今晩の主役〟のタスキ。

井端《いばた》さんはなぜかマラカスを持っています。

「んー、今日もお仕事頑張ろうねー」

井端さんはものすごくハイテンション。マラカスをシャカシャカ振りながら言います。

「……もしかしてずっと飲んでます？」

「そんなわけないよー。あれからちょっと浜山《はまやま》さんとカラオケに行って、アニカラしただけンゴよ～！　ウェルカム　トゥー　ようこそ、ジャパリ著作権《ちょさくけん》～♪　フフフーン」

泥酔《でいすい》しても著作権は守る！　編集者の鑑《かがみ》ですが、そもそもベロンベロンで出社すること自体が最悪です。

「井端さん、ダメですよ。ちゃんと切り替えないと」

「そうだぞ～酒は飲んでも飲まれるな、だぞー。ういー、ヒック」

なぜか浜山さんが井端さんを諭《さと》しています。ういー、ヒックってまたベタな……。

「飲まれてる人が言わないでください！」

「失礼な、ウチも浜山さんも飲まれてないんよねぇ～！」

「そうだよー〝今晩の主役〟が飲まれてるわけないでしょー！」

……基本的に飲まれている人の象徴のようなタスキだと思うのですが。

「これはこのまま寝ちゃっただけで、いまは大丈夫だよ。ねえ浜山さーん」

「ウィーー！　ホヘー、あたしぁねー、えーとねー、フへへへへ！　うー、がおー！」

「がおー！　じゃないですよ。もはや、なに言ってるかすら、わからないじゃないですか！」

「浜山さんは、元々なに言ってるか謎《なぞ》なんよ。ねえ浜山さん」

「すいませーん。おしんこくださーい」

……浜山さんはたしかに素面《しらふ》でもボンヤリとした方ですが、壁に向かっておしんこを注文するほどではありません。

今日は編集長が夕方までいなくて本当によかった……。

もしこの事態がバレていたらどうなることか……。想像するだけで背筋が寒くなります、

「岩佐《いわさ》さん、この状態……」

私はどうしていいかわからず、岩佐さんに助けを求めるのですが……。

「……ほらね。……ちゃんとそろったでしょ。これが……プロの編集者だよ」

「そろえば良いってものではないかと」

「ぁたりまえでしょ。どれだけダルくても仕事はきっちり。あたりまえだよ……。ねえ、星《ほし》井《い》姉さん」

「…………はぁ」

残念ながら星井さんはきっちりダウンしています。この関羽《かんう》は討ち死にです。

「星井《ほしい》さん。さっきからほとんど動いてないですよ。死んでしまったかと不安になります」

「……わかってないなあ、ここから強いのが星井さんだよ。不死鳥《ふしちょう》のように」

岩佐《いわさ》さんは星井さんの手を引き、引っ張り起こそうとしますが……。

「……すぅ～、……すぅ～」

星井さんのセクシーな唇から、ガス漏《も》れのような呼吸音が！

ダメです。この不死鳥はいま起こすと、なにか出てしまいそうです。

「わかりましたから、星井さんは少し横にしておきましょう」

「そう？　……イバっちだって、アニカラをご機嫌《きげん》に口ずさんでるけど……お酒は抜けてるからね」

「著作権《ちょさくけん》～♪　うー、がおー、高らかに～著作権…………すぅ～」

井端《いばた》さんの酔《よ》いが、たったいま抜けました。気持ちよさが消え、「すぅ～」に！

よろよろと床に四《よ》つん這《ば》いになって……。大変危険な状況です！

「は、浜山《はまやま》さんは少なくとも……」

岩佐さんはまだ言い張っていますが……。

「おーい。おしんこまでーすか」

浜山さんが星井さんを店員さんと誤認《ごにん》して揺り動かしています！

「……すぅ～すぅ～すぅ～」

「浜山さん、星井さんにおしんこを要求しないでください！」

いけません。動かすと絶対に出してはいけないものが口から出てしまいます。そんな星井さんの姿は絶対に見たくはありません。

私は必死に浜山さんを止めますが、それを振り払って、引っ張り起こそうとグングン星井さんの腕を引っ張ります。

そしてこの騒動の中で黙々と牧草を食《は》むプレーリードッグ。

一切《いっさい》興味がなさそうです。

もはやカオス。もともとカオスな編集部でしたが、これは限界《げんかい》を突破しています。

「電話応対などは私がやりますから、みなさん一回休んでください。お水を飲みましょう！」

「……すぅ～」

星井さん、井端さんの「すぅ～」これはおそらく賛成の「すぅ～」です。

「……まあ、川の字がどうしてもっていうなら……うぷぅ」

岩佐さんも意固地《いこじ》になっていたものの、体調が最悪なのは明らか。

こうして、昨晩の飲み会に続いて、お水の飲み会となりました。

まさか「飲んでも飲まれるな」、「切り替えが大事」そんなことを言っていた先輩《せんぱい》方がこんなことになるとは……。

先行きが不安で仕方がないです。

今日、この後、どうなってしまうのか。

そう思っていたのですが……。

驚くことに、編集長が戻ってきた時には全員が復活《ふっかつ》していました！

つい先ほどまで、自分のデスクで倒れてただけなのに、編集長の質問にしっかり答えたりしています！　星井さんのフェロモンもすっかり回復して……。

——今日は次に編集長に会うまで。

それを実感せずにはいられないのでした。

4

#「なんか、ちょっとシケってるし。ふざけてるなら殺すよ」

その日、私は編集部でずっとソワソワしていました。

携帯電話をチェックし、メールをチェックし、各種ＳＮＳをチェック。

そしてまたソワソワ……。

そして何度も漏《も》れるため息。

イラストレーターの『h(i)←0氏《ひろし》』さんと連絡が取れないのです。

h(i)←0氏さんは私の担当作、『ブレイカーズ』のイラストを担当していただいてます。

非常に可愛らしいイラストを描いていただける方で、キャリアも十年近く。

個人的にもお仕事をする前から大好きなイラストレーターさんで、一緒にお仕事できることが楽しみだったのですが……。

——先週から連絡がありません。

電話にも出ていただけないですし、メールを何度も送っているのですが、まったく返信がありません。

こうなってくると、もしかしたら倒れてしまった、交通事故に遭《あ》った、などと考えてしまうのですが……。

ツイッターは呟《つぶや》いておられます。

完全に平常運行《うんこう》。いろいろと食べ歩いていらっしゃるようで、美味《おい》しそうな食べ物の画像をアップされてます。

お元気そうで……。

もちろん、基本的にイラストレーターさんがなにを食べても、どこに行ってもまったく自由です。ラーメン、お刺身、鍋、なにを食べても自由。

人生、楽しむことも大切です。

ただし、締め切りを守っていただけていれば……。

モノクロイラストの締め切りから十日以上経過。

もちろん、締め切りに遅れることはなくはありません。そんなこともあろうかと、ある程度の余裕を持って締め切りを設定しているのですが、それでもそろそろマズいです。

そんなこともあろうかと、を超えてそんなことはあろうとも思っていなかった領域に入ってしまっています。

私はもう一度電話をかけてみますが、しばらくコール音が鳴ったのちに、むなしく留守番電話に繋《つな》がります。

メール、ＬＩＮＥ、ツイッターのダイレクトメール。知っている限りの通信手段を使いますが、いずれも返信がありません。


――締め切りの期日が過ぎておりますがいかがでしょうか？

――現在、どのような状況でしょうか、お返事お待ちしております。

――そろそろ日程的に厳《きび》しいです。ご連絡お願いします。

――至急連絡お願いします。

――限界《げんかい》です！　とにかくご連絡お願いします。


LINEには私のメッセージだけが空しく連続しております。

しかもちゃんと「既読」はつくという……。

せめて遅れている理由と、いつまでなら大丈夫なのか連絡をいただけると助かるのですが。

「どうしたらいいでしょう?」

私は副編集長である星井《ほしい》さんに相談します。

「あら、困ったわね。最終手段としては家を訪問して、事情を聴くしかないかしら」

今日も星井さんはフェロモン全開。

ワインレッドのリップが話すたびに艶めかしく輝きます。

「ご自宅ですか……。h(i)←0《ひろし》氏さん。北海道なんですよね」

「……あー。それは厳しいわね。そんなことに編集長が出張費を出すわけがないし」

ギギギ文庫の経費はすべて編集長に決裁権《けっさいけん》があります。

出張にも許可が必要なのですが、イラストレーターさんに連絡が取れないから。これでは認められるわけがありません。

ただ「なんとかしろ」と叱《しか》られてしまうだけでしょう。

そもそも私も北海道に行っているスケジュール的余裕はありませんし……。

「とにかくこれまで通り連絡を続けて、圧をかけ続けるしかないわね。返事はなくてもメールもＬＩＮＥも見てるんでしょ？」

星野さんは悩ましげに髪をかき上げながら言います。

「かなりの回数送ってるんですけどね」

がっくりと肩を落とす私。

星井さんはそんな私の姿をじっと見つめて、思案顔。

「川田《かわた》ちゃん、ちょっと編集者として舐《な》められてるんじゃない？　川田ちゃん、優《やさ》しいから。編集者は優しさも必要だけど、ちょっぴり怖《こわ》がられる存在じゃないと」

星井さんは意外なことを言います。

もちろん私は作家さん、イラストレーターさんを陰から支える、優しく頼りがいのある編集者を目指しています。困ったらすぐに相談してもらえるような……。

「怖がられる……考えてもいませんでした」

「川田ちゃん、編集者って優しいだけじゃダメ♡　時には厳しさもないと」

「うーん、ちょっと苦手かもしれません。押しの弱い性格なので」

私は子供の頃《ころ》から、温和で大人しいタイプ。怖がられたことなど一度もありません。

「でもね、あえて心を鬼にしないといけないときもあるの。私だって性格的には怖《こわ》くないタイプだけどね。でも約束は守ってもらわないとね。フフフ、約束を破ればどうなるか……ククク、心を鬼にして、わからせてあげないと……クークック……、二度とペンタブレットを握《にぎ》れない……貴様のアドビ製品すべてを……ククク」

きっちり怖いタイプです。

星井《ほしい》さんは私よりもさらに優《やさ》しい物腰ですが、計《はか》り知れない怖さを持っています。

編集長の怖さが陽《よう》だとしたら、星井さんは陰《いん》。

じんわりと怖いのです。

私は性格的に他人に強く主張するのが苦手なタイプです。でも星井さんの怖さなら私にも習得できるかもしれません。

……本当は習得したくないですけど。

「この場合、星井さんならどうしますか？」

「ふーん。ツイッターの呟《つぶや》きはあるのよね」

「はい。そこがちょっと腹立たしいんですけど、かなり頻繁《ひんぱん》に呟いています」

私の言葉を受けて、星井さんの目が怪《あや》しく輝きます。

ワインレッドのリップも先ほどよりも生々しく光っています。どうやらなにか手があるようですが……。

「川田《かわた》ちゃん。プライベートのアカウントはある？」

「はい……」

私はスマートフォンで自分のプライベートアカウントにログインし、星井さんに手渡します。

h(i)←0氏《ひろし》さんの最新の呟きを表示させる星井さん。

――やっぱこの時期、味噌《みそ》ラーメンでしょ。

味噌ラーメンを食べたことを画像つきで呟いています。

それに対して星井さんのつけたリプライは……。

――@h(i)←0氏　美味《おい》しそうですね♡

星井さんのリプライはごく普通の言葉ではありますが……。締め切りを破っていることを考えると相手は不気味《ぶきみ》さを感じざるを得ないでしょう。

なるほど……。ハートが逆に怖いです。

「これからh(i)←0氏さんの呟きに全部リプライしてみたら、きっとドキドキするんじゃないかしら。できるだけ早くね。そうしたら、うふふふ、ククク……ひひひひ……真綿《まわた》で……。

4「なんか、ちょっとシケってるし。ふざけてるなら殺すよ」

いい響きね、真綿《まわた》」

なぜかとても嬉《うれ》しそうな星井《ほしい》さん。

怖《こわ》い……。次にこの方が編集長になるかと思うと、私まで怖くなってしまいます。

しかし、この怖さこそいまの私に必要な要素。

ここは、星井さんのアドバイスに従うことにします。

h(i)←0《ひろし》氏さんのツイッターアカウントから呟《つぶや》きがあるごとにプッシュ通知されるように設定。常時監視体制です。


――北海道は雪。外は一面の雪景色！

――@h(i)←0氏　他にも真っ白な状態のものがあるのでは♡

――「やさぐれ上手《じょうず》の青木《あおき》さん」視聴中。最高、これだけは見逃せない。

――@h(i)←0氏　ほかに見逃せないものもあるのでは♡

――最近モチベーションが上がらない。

——@h(i)←0氏　本当に最近だけでしょうか♡

——こうなったらなるようになるしかない！

——@h(i)←0氏　そうすると、どうなると思いますか♡

……やっていて激しい自己嫌悪《じこけんお》が。

なんだか、自分の性格が悪くなった気がします。やっていることが、ほぼほぼストーカーですし。

しかしこれも締め切りのため。作家さんがせっかく締め切り通りに原稿を挙げてくれたのに発売延期ではお気の毒です。

ひと月発売が延びれば印税の振り込みもひと月延びます。急にぽっかりと空いたひと月では別の仕事を入れることも難しい。事実上、ひと月無収入の期間ができてしまうのです。これは作家さんには大ダメージなのです。

そしてこれはh(i)←0氏さんのためでもあります。ライトノベル業界は狭い業界です。締め切りを落とすイメージが着くと、今後お仕事をもらえる可能性が下がってしまいます。

もちろん私はふれ回るつもりはありませんが、こういった噂《うわさ》はどうしても自然に広まってしまうものです。

ここは心を鬼にしてストーカーにならねばいけません。

そもそもh(i)←0《ひろし》氏さんもh(i)←0氏さんです。

よくこの状況でリプライを無視し続けることができるものです。ものすごく気持ちの悪い状況のはずなのですが……。

普通なら音を上げて、電話くらいしてくるものだと思うのですが。ある意味ではすごくタフな精神力の持ち主なのでは……。

しかもツイッターでの呟《つぶや》きは続けていますし……。


――個人的にはモチベーションが上がらぬまま描いても、いいものは描けないと思う。

――@h(i)←0氏　個人的にはそれはアマチュアの考え方だと思います。

――クヨクヨ考えても仕方ない。今日は飲んで寝よう。ヤケ酒だ。

――@h(i)←0氏　寝ないでください！　お酒を飲んでいる場合ですか！

——ブロックされているため@ħ(i)←0氏さんのフォローや@ħ(i)←0氏さんツイートの表示はできません。　詳細はこちら

ブロックされました！

まさかっ！　そんなっ！

私はなにかのエラーかと思い、ギギギ文庫のアカウントに切り替えると、@ħ(i)←0氏さんのツイッターはちゃんと表示されます。そして私のアカウントに切り替えると……、先ほどのメッセージが。

ħ(i)←0氏さん、今後のことは考えてないのでしょうか？

ライトノベルはさておき、お仕事での付き合いのある人間をブロックするなんて……。

気まずさは感じていないのでしょうか。

しかも、ブロックしておいて、飲んで寝ちゃうなんて、どう考えてもタフな精神力の持ち主です。

飲まれる前にと電話をかけてみるのですが。驚くことにこの期に及んで留守電です。さっき呟いたってことはバレているのに！　断固として電話に出るつもりはないようです。

ライトノベル作家さんでもイラストレーターさんでも、メンタルが弱めの方は電話が苦手な

ことがあります。

特に締め切りを過ぎていると、申し訳なさから逆に電話に出られない。そんな方もいるのは理解しているのですが……。

メンタル強めで電話に出ないタイプは初体験です。むしろこれは着拒です！

いったいどうすれば電話に出てくれるのか……。

なんとしても自腹北海道出張は避けたいところです。

「岩佐《いわさ》さん……」

私は他の先輩《せんぱい》にもアドバイスを求めることにします。

やはりこういうときに頼りになるのは岩佐さん。言葉は辛辣《しんらつ》ですけど、いつも結局は助けてくれるのです。

私は現状をできるだけ丁寧《ていねい》に報告します。

腕組みしながら、私の話を聞いてくれる岩佐さん。

「なるほど。多分この人、慣れてるね」

岩佐さんは「慣れてる」と断言するとさらに言葉を続けます。

「最初は締め切り落とすのって凄いプレッシャーがかかるけど、一回経験しちゃうと、慣れるんだよね。コイツ、締め切り童貞《どうてい》を卒業済みだね」

「ど、どうて……」

私は下ネタが苦手で、こういった単語だけでも顔が赤くなってしまいます……。

そういう意味ではないのもわかりますが、岩佐さんもうら若き乙女。もう少し言葉を選んでほしいものです。

「相手は締め切り破る気、満々だからね。ちょっとやそっとじゃ、突破されちゃうよ。知ってるんだよ。一回や二回締め切りを破ってもイラストレーターを交代できないことを」

たしかにライトノベルはシリーズでイラストをお願いしますから、多少のトラブルではイラストレーターさんを交代させることはありません。

しかもh(i)←0《ひろし》氏さんの担当している『ブレイカーズ』はアニメ化も視野に入れた長期シリーズ。h(i)←0氏の描くキャラも非常に好評。私がギギギ文庫に配属され、引《ひ》き継《つ》いだタイトルの中でも一番の大きなタイトル。これくらいでイラストレーター変更などありえません。ただ締め切りを守ってくれさえすればいいのです。

「あの、それでどうしたら？」

「飴《あめ》と鞭《むち》だよ。鞭で動かないなら次は飴だね。とびきりあまーいやつを」

岩佐さんはざらざらと漢方薬《かんぽうやく》を飲みながらそう言います。飴と違って漢方薬はとても苦そうです。

漢方薬を飲み終えた岩佐さんは、「よーし」と呟《つぶや》きながら、自分のデスクの下から段ボール箱を引っ張り出しはじめました。

……その段ボールは！

「もしかしてまたあれですか!?」

この段ボール箱は岩佐《いわさ》さんのコスプレグッズの入った箱。

以前、イラストのラフを作るために、ここに入っていたブルマに着替えさせられた思い出が。

「そうだねー。これかな……」

岩佐さんはガサガサと段ボール箱内を漁《あさ》ると、女子高生の制服風の衣装を取り出します。

本物の制服と違ってとってもスカートが短いです。

「なにがこれなんでしょうか……」

「h(i)←0《ひろし》氏さん宛てに写真つきファンメールを送ったＪＫの衣装だよ」

岩佐さんは当然だと言わんばかりの態度ですが、急な話で私はちょっと理解できません。

現在編集部にはh(i)←0氏さんへのファンメールなど届いていませんが……。

……まさか!?

「ＪＫのファンメールほど、イラストレーターのモチベーションを上げるものってないからね。もしＪＫのファンがいて、次巻のイラストを待ってるってなったら、どうなるかな？」

岩佐さんはすでに答えは出ていると言わんばかりの口ぶり。

「それは……頑張ってくれるかもしれませんけど……」

「じゃあ、はい」

岩佐さんは当然のように私に制服を渡します。

その女子高生を私に演じろと言ってるのですか？

天真爛漫《てんしんらんまん》さを感じるキュートな笑みで答える岩佐さん。

「そう。h(i)↓0氏さんって北海道だから会ったことないんでしょ。なるべくセクシーにね」

岩佐さんはすでにスマートフォンを私に向かって構えています……。

ファンを装って女子高生に成りすます。そんな編集者がいていいのでしょうか！

と、思いましたが、締め切りをやすやすと破ろうとするイラストレーターと比べればどっちもどっち。いえ、ちょっとだけこっちが悪い気がしますが……。

しかもタイムリミットは迫っています。

とっても恥ずかしいですが、心を鬼にしてＪＫになるしかありません。

見た目はＪＫ、心は鬼です。自分でもなんだかわかりませんが。

「よーし、じゃあ、こっちで撮ろうよ。担当編集だってバレたら終わりだからね」

岩佐さんはなぜかノリノリ。

編集部の外れ、フロアで一番無機質な背景になる場所を選定済みです。

「じゃあ、まずはソックスを上げる途中で、そっちに気が行って、油断してパンチラ気味になってるシーンから」

「なんですかその〝まずは〟は！」

「女子高生の天真爛漫《てんしんらんまん》さと健康的な美を表現してるんだよ」

さすが編集者。構図と意図《いと》が明確です。

……ファンメールについてくる写真としての不自然さは否めませんが。

「次に、手を顔の近くに寄せてガオー！　爪を立ててる感じで、それでいて顔は甘えん坊っぽい表情、そうそう、いいよ、可愛いよ。ほら、ガオー」

「が、がおー……」

「照れないで、もっと、ガオーッ！」

自ら顔に手を寄せガオーッとポーズを作る岩佐《いわさ》さん。

「ガオー！」

私も目いっぱい顔に両手を近づけて、猫っぽいポーズを取ります。

恥ずかしいです……。普段、こんなポーズ取ったことありません。

「そう！　ガオーからのミニャーなんよ」

いつの間にか井端《いばた》さんが参加しています！

なぜこんなときは積極的なのでしょうか。

「み、みにゃ？　やり方がわからないですっ！」

ミニャーはまねき猫っぽいパターンでした。

岩佐さんと井端さんは乗せるのが非常に上手《じょうず》です。

顔を真っ赤にしながらも、ついつい求めるポーズを取ってしまいます。

そんな私を連写モードでバシバシ撮影する岩佐《いわさ》さん。

撮影にも熱が入り、ローアングルで撮影するために岩佐さんは床に寝転がって撮影しています。井端《いばた》さんは人差し指と親指で長方形を作って、なにやらアングルを確認しています。

続いてはパンを咥《くわ》えた定番の「遅刻、遅刻」ポーズ。

そして着替えようとしているところで、誰かに見られていることを発見して、「ちょっと、なに見てるのよ！」のポーズ。

制服のスカートのホックを外そうとしている途中で、ファインダーに気づいて、頬《ほお》を膨《ふく》らませて怒ってみせます。

よく考えたらこんな写真はファンメールには絶対に入ってないと思います。

着替えの盗撮《とうさつ》をされて、その写真を添える女子高生などいるわけがありません。

そんな疑問点を岩佐さんにぶつけますが……。

「大丈夫、大丈夫、その人、十年選手のイラストレーターさんでしょ。とっくの昔に妄想と現実がごっちゃになってるから」

なかなかの酷《ひど》いお答え。

編集者としてどうかと思いますが……。

井端さんも「そらそうよ」と当然のご様子。

こうして、当たり前のように撮影はさらに続きます。

キスする寸前のシーン。

霧吹《きりふ》きで水をかけて、走った後の汗ばんでいる姿……。

「よし、あとはこれの画像を添付したメールを送るだけだね」

岩佐さんは非常に満足げ。あまりリアリティーは気にしないタイプのようです。

続いてはファンメールの本文ですが……。


h(i)《ひ》←0《ろ》氏《じ》さんへ。

初めてファンレターを書きます。

私はh(i)←0氏さんの大ファンの高校二年生です。

特にブレイカーズでのh(i)←0氏さんのイラストは大好きです。

もうすぐ、次の巻が出るようですね。

すっごく楽しみです(*^▽^*)

きっとすごいカバーイラストなんだろうなあ。

口絵も全部ちゃんと描き下ろしなんだろうなあ。小物とかでごまかさず、主要キャラ全部のイラストがきっちりあるんだろうなあ。

モノクロも十点全部あるんだろうなあ。

そんなことを思うとドキドキが止まりません！


「何者ですかこの女子高生！」

岩佐《いわさ》さん作成のファンメールの文面はかなりえげつないものでした。

「なにが？」

「いくらなんでも、しらじらしいですよ」

「十年選手のイラストレーターなんだから大丈夫！　十年も妄想の世界に片足突っ込んでたら、リアルとフィクションの境界線がグニャグニャになってるからね。もはや意識が朦朧《もうろう》としてるから」

岩佐さんにとってキャリア十年経過したイラストレーターとはどんな存在なんでしょうか？

岩佐さん……酷《ひど》いです。あまりにも雑《ざつ》です。

……結局は送りますけど。

メーラーを立ち上げ、h(i)《ひ》←0《ろ》氏《し》さんのアドレスを入力。

編集部の問い合わせアドレスにファンからのメールが届いたので、取り急ぎ転送する旨を書き添え、その下に岩佐さん特製のメール本文を転載します。

そして岩佐さんの強い推薦《すいせん》により、台に脚を乗せてソックスを直しているポーズの写真を添付して、送信ボタンをクリック……。

所詮《しょせん》は私の写真。そもそも効果が期待できるとは思っていません。

やれることは全部やる、ただそれだけです。

とりあえず今日できることは、残念ながらここまででしょうか。

と、思っていたのですが……。

私のスマートフォンに着信が。

h(i)→0氏さんからです！

釣れました！　釣れてしまいました！　逆にちょっと残念でもあります。

『いやー、いろいろ連絡滞《とどこお》っていてすみません！』

電話から聞こえるh(i)→0氏さんの声は悪びれているどころか、むしろ元気いっぱいというか、興奮《こうふん》状態です。はぁはぁと呼吸音がものすごくスピーカーに入っています。

申し訳ないのですが、ちょっと引いてしまいます。

「いえ、それで大丈夫でしょうか？　締め切りをかなり過ぎていますが」

私はすかさず締め切りについての確認に入ります。

「もちろん大丈夫です。急にモチベーションが湧《わ》いてきましてね。逆に点数増やしたいくらいです」

「あの、増やさなくてもいいんで、なるべく早くあげていただけると」

「もちろんです。これから寝ずに頑張りますよ。不思議と身体中にアドレナリンとアルコールが駆《か》け巡《めぐ》っていますよ!」

アルコールはヤケ酒を飲んだから駆け巡っているのです。不思議でもなんでもありません。

「ちょっと大変かもしれませんが、お待ちしてますので、よろしくお願いします」

「任せてください! それで、あのJKとはいつ会わせてくれるんですか?」

「会わせる?」

「そりゃ、そうでしょう。ファンからメールが届いたんですよ。会わないとJKに申し訳ない」

普通はファンメールが届いても直接会ったりはしません。

文面にも一切《いっさい》会いたいとは書いてなかったですし。

それに、そもそもあのJKは私なので、会うとしたら担当編集としてです。

……と、お伝えするわけにもいかないのが難しいところ。

「そうですね。いまはお忙しいでしょうから、スケジュールを見つつ、良きタイミングでセッティングを」

……当然ながら良きタイミングなど永遠に訪れません。

今後も締め切りに遅れそうになるたびにファンレターが届くだけです。

とにかくこれでひとまず解決です。

再三再四《さいさんさいし》、h(i)←0《ひろし》氏さんにイラストを進めていただく約束をして、電話を切ります。

あの興奮《こうふん》状態ならきっとやってくれることでしょう。

「なんとかなりました。ありがとうございますっ！」

電話を切ると早速岩佐《いわさ》さんにお礼を。

「えーっ、もう釣れたの？　次はもっとセクシーなの送ろうと思ってたのに……」

なぜか岩佐さんはつまらなさそうに口を尖《とが》らせています。まったく冗談に聞こえないのが怖いです。

そうだ。星井《ほしい》さんにもお礼を言わないと。

飴《あめ》と鞭《むち》。鞭があったから飴も効いたのだと思います。

私が星井さんのデスクへと向かっている時でした。

「ちょっと、川田《かわた》、あんたなんでコスプレしてんの？　なんかちょっとシケってるし。ふざけてるなら殺すよ」

幼女の声で放たれる殺害予告。もちろん編集長です。

私は自分がまだ制服であることをすっかり忘れていました。霧吹《きりふ》きで汗を演出したので、事実シケってもいますし……。

自分の治める編集部にシケった制服を着た編集部員がいることを笑って済ます方ではありません。

私をじっと睨《にら》みつける金髪ツインテールロリ少女。その視線からは純度百パーセントの精製された殺意を感じます。

「いえ、ふざけていません。実は……」

　私は死から逃れるために全力でこれは業務の一環であることを説明します。

　締め切りを守るため、刊行スケジュールを守るためのやむにやまれぬコスプレ行為であることを。

「あー、そう。なんだか涙ぐましい努力してるね。まあ、それで描かせられるなら、別にいいけど」

　編集長はちょっぴり呆《あき》れ気味ではありますが、一応納得してくれたようです。

　しかも今日はご機嫌《きげん》もなんとなく悪くない様子。

　それであれば……。

「ちなみに、編集長はこんな時、どんな手を使いますか？」

　星井《ほしい》さんのやり方、岩佐《いわさ》さんのやり方は学習しました。せっかくなら編集長の技も学んでみたいところです。

「ないね」

　編集長の答えはそっけないものでした。

「ないのですか……？」

「だって、締め切りを破るような作家とイラストレーターは切るから。もちろん切るだけじゃ済まさないし。二度と仕事ができないように、ブラックリストを作って、[redacted]。ついでに、ネットの掲示板にスレッドを立てて[redacted]で[redacted]して、精神的ダメージを与えて、それから、[redacted]！」

またしても私の心が限界《げんかい》を超えました！

私にはこのような悪い言葉を受け止める精神的なキャパシティがありません。

ゴージャスな革張りチェアーの中で楽しそうに話す幼女。

そして、前回同様、私の脳は受け止められなかった言葉の代わりに、自分の欲する言葉を勝手に紡ぎだします。

「本当はねー、わたしは作家さんもイラストレーターさんも大好きなんだよー。楽しい文章、綺麗《きれい》な絵、どっちも大好きだなー。とっても楽しみにしてるから、締め切りを破ったら泣いちゃうぞー！　お母さんに言いつけちゃうからねー」

この幼女にはこんなことを言っていてほしい。

私は切にそう願っているのですが……。

目の前の幼女は手で首を掻《か》き切る動きをしています。

間違いなく聞いてはいけないことを発言中です。

私はさらに固く心の扉を閉ざすのでした。

桃香のライトノベル用語解説

【モノクロ】

川田「イラストレーターさんにお願いするイラストはカバーイラスト、カラーの口絵、モノクロの三種類になります。一番多いのはモノクロ。一冊につき約10点のモノクロイラストをお願いします。編集者は作中のここぞという場面を選び、イラストの指定を出します。もちろんサービスシーンも！ 基本的には10点なのですが、作家さんイラストレーターさんのスケジュールの都合により……」

浜山「あれー、この本、モノクロが少ないねー。どうしたのかなー？」

5

「ラーメンを食べさせろって言ってるの！　この無能！」

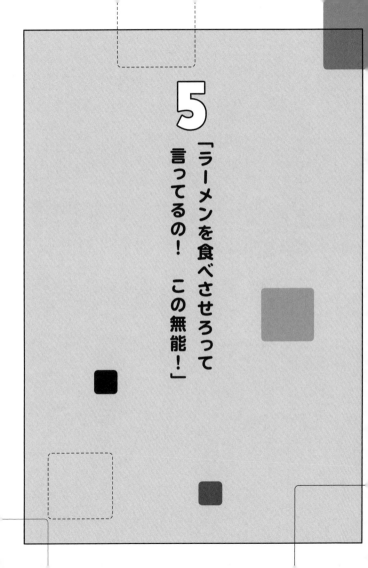

「お腹空《なかす》きましたねえ。井端《いばた》さん」

「ンゴねえ～」

時刻はすでに二十時過ぎ。

通常の会社であればそろそろ退社の時間ですが、ギギギ文庫はまだまだ絶賛稼働《ぜっさんかどう》中。

残念ながら今日も今日とて仕事の終わりすら見えていません。

昼すぎから働いている我々はお腹がペコペコの時間です。ここで一度、ご飯を食べてリフレッシュしたいところです。

「井端さん。なにか食べます？」

「そうよねえ。イカの塩辛《しおから》とか食べたいんよねえ」

「あの……もう少しカロリーのあるものにしませんか？」

井端さんは真顔《まがお》でボケてくるので、その清楚《せいそ》かつ清純な顔立ちとも相まって、本気なのか、ふざけているのかわかりにくいです。

「うーん。カロリーかあ、そうなってくると神保町《じんぼうちょう》は選択肢がねー、ないんよね」

「ありますよ！　ほぼほぼ全部の店ＯＫですよ！」

井端さんのボケはちょっとだけ面倒臭《めんどうくさ》いです。

とにかくご飯に行くことは同意している様子。

「なになにご飯？」

私と井端さんのご飯話に喰《く》いついてきたのは岩佐《いわさ》さんです。

「そうです、岩佐さんも行きません？　どうせなら、……みなさんで」

私は若干躊躇《ちゅうちょ》しながら、みんなで行くことを提案します。

現在編集部にいるのは岩佐さん、私、井端さん、……そして編集長。

岩佐さんを誘って編集長を誘わないなどありえません。

もちろん、そうなると完全にお仕事モードでリラックスはできませんが、ご飯を食べながらコミュニケーションを図ることによって、今後の仕事がスムーズに進行する可能性もあります。編集長との仲も深めることができればいろいろと役立つことがあるでしょう。

「どうですか、編集長も？」

「ふん、まあ、たまにはいいか」

テーブルからちょこんと顔だけ出ている編集長。その丸っこい顔がふんふんと頷《うなず》いています。

どうやら、まんざらでもないご様子。

「それでなに食べるの？　川の字に任せるよ」

岩佐さんはキリよくご飯に行きたいのか、そう言いながら、猛烈《もうれつ》な勢いでメールを打っています。

なにを食べましょうか……。嫌いな人がいない定番といえばやはりラーメンかカレーでしょうか。そのどちらかがいい気がします。

「そうですね……。ラーメンなんてどうですか？　私、ラーメン大好きなんですよね」

私はなんの気なくそう提案したのですが……。

「ふーん。ラーメン……。ほほう。ラーメンを食べに行くんだね」

編集長の目がギラギラと怪《あや》しく輝いています。

「……ええ、軽くラーメンでも」

「ふーん。軽く。軽くねえ」

さらに輝きを増す編集長の眼光《がんこう》。燃えるような目です。

いったいいなんなのでしょうか？

「ちょっと、川の字！」

急に私の手を引く岩佐《いわさ》さん。強引に編集部の打ち合わせブースへと連れ出されます。

「ど、どうかしましたか？」

「編集長との食事でラーメンって！」

岩佐さんは眉《まゆ》をひそめて、編集長の様子をちらちらとうかがっています。

「え？　もしかして、編集長ってラーメン嫌いなんですか？」

「違うよ。大好きなんだよ」

ちょっと岩佐さんがなにを言っているのかわかりません。

「大好きならいいじゃないですか？」

私の言葉をブンブン首を振って否定する岩佐さん。

「大好きすぎて、ラーメンにものすごくうるさいのっ！　ラーメンに人生を投影《とうえい》しているからね。気に入らないラーメン屋さん選んだら、川の字のセンスと人生そのものを否定されるよ。へー、これが川の字のセンスなんだって」

まさかそんなレベルでラーメンにうるさいとは……。

もはやグルメ漫画《まんが》の美食家《びしょくか》レベルじゃないですか。

「私、そんなつもりじゃ、気軽に食べやすいかなって……」

「もう、それが最悪。なんにも考えてない人認定は確実だね。あーそういう人なんだーって！」

「そんな……。じゃあ、別のジャンルに」

「もう遅いよ。逃げたと思われるから。川の字は人生の選択肢で逃げるんだーって思われるね」

いかにも編集長が言いそうなことです。

私もチラリと編集長の様子を覗《のぞ》いてみると……。

なんだか真剣な表情でストレッチと軽いダッシュを繰り返しています。

ラーメンを食べるベストコンディションを作るためにアップをしているのでしょうか。

どうやら岩佐さんの言っていることは本当のようです。

「あの、どうすれば」

「全力で選ぶしかないね、お店を。それこそ中学館《ちゅうがくかん》ライトノベル大賞の最終選考よりも真剣に。全身全霊《ぜんしんぜんれい》をかけて」

なぜレーベルの新人賞よりもラーメン屋さん選びに力を……。

わけがわかりませんが、もはや避けることはできないようです。

「そうですか……やるしかないですか」

「まさか、このことを知らないとは思わなかったよ。編集長とご飯行く時は、ラーメンとカレーは決死の覚悟《かくご》がいるの」

カレーもですか！

最初の選択肢がふたつともダメとは！

「わかりました。少なくとも逃げる人間だとは思われたくないです。私の一番好きなお店で勝負します」

「気をつけて。失敗すると絶たれるよ。出世の道が」

「絶たれますか……」

「絶たれる。確実に」

変な話ですが、岩佐《いわさ》さんの目はまったく笑っていません。本気も本気です。

まだ配属されて半年。こんなところで出世の道を絶たれるなんて、絶対に嫌です。

それに私だって、ラーメンは大好きです。

編集者としてはまだまだ未熟ですが、ラーメンでも負けるとは限りません。

「うーん。みんなでラーメン食べるの久しぶりだね。まさか川田《かわた》がラーメン好きとはね。楽しみ、楽しみ。田中《たなか》事変以来か」

カラカラと笑いながら、井端《いばた》さんと話す編集長。

編集長の額にはかすかに光る汗。すでにアップを終了し、私たちが戻ってくるのを待ち構えています。

「ちなみに、どこに行くつもり？」

岩佐さんはデスクへと戻りつつ、私に耳打ちします。

「あのですね……」

実は私には心強いアイテムがあるのです。

それは日高屋《めだかや》の味玉サービスクーポン。

私はラーメンチェーン店、日高屋のタンメンが大好き。とくに味玉を追加すると最高です。

そのような計画を耳打ちしたのですが……。

猛烈《もうれつ》な勢いで打ち合わせブースに引き戻されました！

「絶たれるよ！　確実に絶たれるよ！　田中事変知らないの？」

「さっきからなんですか？　田中事変って」

「川の字が入る前に田中さんって人がいて、その人がね、ラーメン好きって自称しておいて、お気に入りのラーメン店を紹介するって言って、チェーン店に連れて行ったの。それが通称田中事変。それから田中《たなか》さんのセンスは全否定されてね……。そして田中さんはその二か月後、辞めた」

「ええっ！　そんな……、本当に絶たれてるじゃないですか」

「そうだよ。そもそもタンメンとラーメンをごっちゃにしてる時点で確実に餌食だから。センスない人認定されて、一切《いっさい》信用されなくなるから。そうなったら大変だよ。ありとあらゆることで、ずっとダメ出しの嵐《あらし》。田中さんはストレスで胃に北斗七星《ほくとしちせい》の形に穴があいたよ」

タンメンとラーメンをごっちゃ？　ラーメンに野菜がのったものがタンメンではないのでしょうか……。私はずっとそう思っていたのですが。

田舎《いなか》から就職のタイミングで上京して八か月。まだまだ都会には知らないことがいっぱいです。

……っていうか、これはピンチじゃないですか？

ラーメンマニアの編集長にタンメンとラーメンの違いがわからない私がおすすめのラーメン店を紹介する。しかもお気に召さなかったら出世の道を絶たれる。前回チャレンジした人は失敗して胃が北斗七星の上に退職。

いつの間にこんなピンチに！　私はただご飯に誘っただけなのに。

当の編集長は……。

なぜか上下、ジャージに着替えています！

おそらくラーメンを食べるとき用の衣装です。ジャージに着替えることでラーメンの味にどのような変化があるのか理解できませんが、恐ろしいまでのこだわりです。

私は急いで食べログで近所の人気ラーメン店を調べます。

インターネットは誰に対しても平等。

半端《はんぱ》なラーメン好きの私にもすぐに人気ラーメン店の情報をもたらしてくれます。

とりあえず、この評価が一番高いお店に……。

「絶たれるよ。命脈が」

大あわてでスマホをタップする私の手を岩佐《いわさ》さんががっしりと握《にぎ》ります。

出世の道どころか、命の脈まで絶たれる。なぜでしょうか？

「いけませんか？　このお店」

「店が悪いんじゃない。適当にネットで調べただけなのがマズいの。どうしてこの店にしたのか、自分なりのこのお店評がないと。説明できる？　この店にした理由を。シンプルかつ魅力的に」

「……できません」

なるほど、岩佐さんの説明を通して、編集長の意図《いと》がわかってきました。

これはライトノベルの企画と一緒です。

ライトノベルの編集者をやっていれば、様々な作家さんから多数の企画を寄せられます。そしてその中から取捨選択《しゅしゃせんたく》し、さらに一緒に練り上げ、編集長に提出します。その時はもちろん説明できなければいけません。なぜこの企画を選んだのか、どの点がこの企画は優れているか。しかもシンプルかつ魅力的に。

編集長はラーメンを通して、このことを教えてくれているのです。

編集長をラーメン店に連れていく、その時に食べログでただ人気が高い店を選ぶ。それはつまりライトノベルにおいては適当に売れ線の要素を詰め込んだ企画を提出するようなもの。

そんなことが許されるはずはないのです。

……深い。これは深いです。

であれば、自分なりにこの近辺のラーメン店をリサーチし、味、混雑具合、目新しさ、この季節に合っているか、そのようなことを加味《かみ》してプレゼンするべきです。

「そんなんじゃないよ」

岩佐さんの言葉が私の思考を寸断《すんだん》します。

「えっ？」

「あんた、真面目《まじめ》だから、これも編集者として一人前になるためのテストだ！　的なこと考えてたでしょ」

「はい……」

「違うから！　単純にワガママ幼女なだけだから。自分のウンチク聞かせて、半端な知識の人をねじ伏せるのが楽しいだけだから。悪のラヲタだから」

そ、そうなのでしょうか……？　っていうか、悪のラヲタってなんでしょうか？

私にはもっと深い意図《いと》があるように感じたのですが。どうやら違うようです。

それはそれとして、どうしたらいいのでしょうか？

私はこれまでの編集者としての経験すべてを動員して、アイディアを探します。

こんなときのヒントとなる先輩《せんぱい》方の教えがきっとあるはず。


——ンゴ。

——ガオーッ！

——すぅ～、すぅ～


全然、助けにならない言葉ばかりが脳裏《のうり》をよぎります。

ダメです。いまの私には荷が重すぎます。

経験値も情報も不足しまくっています。

とてもではありませんが、こんな素人《しろうと》がハードなラヲタである編集長を納得させるラーメン店を提案できるわけがありません。しかも論理的で魅力あるプレゼンテーションなど夢のまた夢です。

「川の字、あんまり待たせると、ラーメン以前に編集長が機嫌《きげん》悪くなるよ。とりあえず戻ってるからね」

岩佐《いわさ》さんはそう言うと、先に編集長たちの元に戻ります。

こんなときはどうすれば、中学館《ちゅうがくかん》の編集者として取るべき選択肢は……？

──あの言葉しかありません。

あれをぶつけるしかない。私は意を決して編集長の元へと歩み寄ります。

私のまとう雰囲気《ふんいき》が先ほどと違うことを編集長も感じた様子。

「川田《かわた》、どうしたの？」

私は満を持してあの言葉を発します。

「一週間後にまたここに来てください。そうすれば本物のラーメンをごちそうしますよ」

そうです、これです。

中学館の誇る伝統的グルメ漫画《まんが》のセリフ。中学館の人間であれば、何人《なんぴと》たりともこれには逆らえないはずです。

「あんたふざけてるの？　イヤに決まってるでしょ！　お腹空《なかす》いてるし」

断られました！

編集長なのに、中学館伝統のセリフを断りました。

「いえ、そうじゃなくてですね。一週間後にまたここに来ていただければですね……」

想定外の返答にちょっとパニックになってしまいます。

「川田《かわた》は馬鹿なの？　来るに決まってるじゃないの。職場なんだから！　なんなの？　死にたいの？」

死にたくはありません……。

新発見です。いままさにお腹《なか》が空《す》いている人に[redacted]岡さんのセリフを放つと殺意を持たれます。

「今日は今日でなにか食べましょう。ただラーメンは私の渾身《こんしん》のラーメンを紹介したいんで、一週間時間が欲しいだけです」

私は幼女に必死になって食い下がります。本家の山[redacted]さんは絶対こんなことにならないのに！　ちゃんと一週間待ってくれるのに！　なんだったら、遠くの漁港や山奥に行くことも了承してくれるのに！

「あーあ、せっかく川田のセンスを見ようと思ってたのに。わたしレベルになると、ラーメン店選びで人間としての価値が全部判断できるからね」

だから一週間待ってくださいと言っているのです。

いま、お店を選ばされたら、必ずや編集者失格の烙印《らくいん》を押されてしまいます。

「今日はとりあえず、目高屋《めだかや》のタンメンを食べましょう。味玉クーポンも持ってますので！　タンメンお嫌いですか？」

「タンメンか、別に嫌いじゃないけど……」

「じゃあ行きましょう！」

私はお母さんのように編集長の手を引き、強引に編集部を飛び出します。

ここはもはや勢いで持っていくしかありません。

◆

日高屋のタンメンは相変わらず最高でした。野菜がシャキシャキしていて美味《おい》しいです。

しかし、今日のご飯をタンメンで済ませたその代償《だいしょう》として、私を地獄のラーメン研究週間が襲《おそ》います。

一週間もあれば、私との約束をすっかり忘れてくれる可能性もある。そう考えていたのですが……。

「あと、四日か。楽しみね」

編集長は忘れるどころか、毎日、カウントダウンを行います。
■岡さん的セリフのハードルを上げる効果は半端《はんぱ》ありません。
私は編集長の好みのラーメンについて情報収集する日々。

編集部のみなさんに隙《すき》さえあれば、編集長のラーメンエピソードを聞き出します。

「ああ見えても、編集長はギロリアンですよ。あの身体でラーメンギ郎を完食するからびっくりしちゃった」

星井《ほしい》さんからの有用な情報。ラーメンヂ郎の名は私も耳にしたことはあります。とにかく量が多くて、なんとなく店長さんが怖《こわ》いお店のイメージです。

「なるほど、ではラーメンヂ郎に」

「ダメダメ。ラーメンヂ郎の各店の違いについて語れなきゃ。そうじゃないのにヂ郎に行った日には……」

星井さんはそこまで言うと、遠い眼をして窓の外を眺めます。

誰かを懐《なつ》かしんでいるような……。

「なにがあったんですか？」

「川田《かわた》ちゃん。知らないほうがいいこともあるのよ」

「逆に気になりますよ！」

「いえ、ただ、昔、自分のことをヂロリアンだと宣言した作家さんがいてね。それで編集長とヂ郎に行って……」

そこまで話すと星井さんはまた遠い眼で窓の外を眺めます。

ゆっくりと形を変えながら流れる雲。

「それでどうなったんですか？」

「肘《ひじ》を……止めましょう。知らないほうがいいこともあるの」

また雲を眺める星井さん。

「肘がどうなったんですか？」

「肘の関節がマシマシに……止めましょう」

どれだけせがんでも、星井さんはそれ以上は決して話してくれません。

ただ流れる雲を悲しげに見つめるだけ。

怖いです。肘の関節がマシマシってなんでしょうか。

とにかくヂ郎系列はNGです。

そもそも私は大盛りのラーメンを完食できそうにもありません。そんなことではそもそもヂ郎に行く資格はないのです。

ならばやはり伝統の醬油《しょうゆ》ラーメン……。

「醬油ラーメンは危ないんよね」

そうアドバイスをしてくださったのは井端《いばた》さんでした。

「編集長は醬油ラーメンにめちゃくちゃこだわりがあるんよ。満足する醬油ラーメンはこの近辺には一軒もないんよね。腐女子《ふじょし》に半端《はんぱ》にBLの話を振るくらいの危険な行為なんよ。殺されるんよ」

井端さんの例《たと》えはちょっと意味がわかりませんが、貴重な情報ではあります。

「……そうですか。じゃあ豚骨に」

「豚骨もヤバいンゴよ。編集長は休みの日は終日、豚の骨を煮て過ごすほどの豚骨マニアなんよね」

「どんな休日の過ごし方ですか……」

「半端《はんぱ》な豚骨ラーメンの店を紹介すると、翌日から編集長の態度がバリ固になるんよね」

……豚骨もダメですか。

とにかく粘り強く情報を収集するしかありません。

そのリサーチの結果――。

塩ラーメンにもうるさい。自分の塩田を持つことを考えているレベル。

味噌《みそ》ラーメンにもうるさい。つけ麺《めん》にもうるさい。ご当地ラーメンをご当地の人でもないのに紹介すると烈火のように怒る。

お蕎麦屋さんのラーメン的なちょっと懐《なつ》かしい系の味は特に怒る。

最新のラーメンの情報に異常に詳しく。ちょっと前の人気店をお気に入りだと発言すると「まだ、そんなこと言ってるんだ」、逆に最新のラーメン店を話題にしたらしたで、「新しければ、なんでも飛びついちゃうんだ」などと発言。

結果、ほぼほぼ全員が毎回食欲を失い、日本人であるにもかかわらず、麺のすすり方を忘れてしまう。

このような情報が……。

もはや地球上のどの店を紹介しても怒られる気しかしません。

しかし私はあきらめるつもりはありません。逆にちょっと燃えてきました。

これはむしろチャンスです。

まだまだ駆け出し編集者の私が仕事で認められることは難しいです。でもラーメンを紹介するだけでセンスがいいと思ってもらえるなら……。そしてそのことで、今後、私の担当する作家さんの企画が通りやすくなるなら……。

失敗すれば出世の道が絶たれるとしたら、成功すればその道は開かれるというもの。

ここはラーメンについて一から勉強するしかありません。

１８８４年に函館《はこだて》の養和軒《ようわけん》が南京《なんきん》そばという麺類を販売したこと。

１９１０年に中国の麺料理と日本の食文化が融合《ゆうごう》した日本のラーメン店「来々軒《らいらいけん》」が浅草《あさくさ》にできたこと。

１９４７年、久留米《くるめ》「三九《さんきゅう》」で濃厚な豚骨ラーメンが発売。

また日本ではじめてラーメンを食べたのは徳川光圀《とくがわみつくに》であるというトリビア的な説。

しかし、そのはるか以前、１４８８年に足利義満によって創建された相国寺《そうこくじ》鹿苑院《ろくおんいん》内の蔭《いん》涼軒《りょうけん》に住む僧侶《そうりょ》が経帯麺《けいたいめん》を来客に振る舞ったと日記に記していること。

１８９９年、『四海楼《しかいろう》』の陳平順《ちんぺいじゅん》氏が長崎ちゃんぽんを考案したことも、のちに大きくラーメンに影響を与える出来事として見逃せません。

中華麺《めん》の日本伝播《でんぱ》の歴史、日本のラーメンとして独自の発展を遂げる過程、それぞれをしっかりと勉強します。

もちろん実食《じつしょく》も大切です。仕事が終わったら、ネットでラーメンの歴史と文化を学びつつ、ラーメン店をめぐる日々。

醤油《しょうゆ》、豚骨、塩、味噌《みそ》、家系《いえけい》、ベジポタ系、煮干《にぼ》しラーメン。

ラーメンは知れば知るほど奥が深いです。そして知識を仕入れると、それぞれのお店の工夫も見えてきます。

正直言って、私はラーメンにハマっています。

いま私はラーメンについて聞かれると、聞かれてないことまで語ってしまう、うるさい人になってしまったかもしれません。

プチ編集長気分です。

◆

「川田《かわた》、一週間経ったね」

プチではない本家編集長はしっかりと期日について覚えていました。

よく自分が指示したことを忘れている編集長ですが、こういった他人を追い詰める類《たぐい》の約束は絶対に忘れることはありません。

編集長は今日のためにわざわざ編集部のメンバー全員のスケジュールを確保。この時間だけは空けておくようにと厳命《げんめい》が下っています。

当の編集長もラーメン用のジャージに着替えて、アップも完了。

「さて、なにを食べさせてくれるのか……」

編集長は好戦的な視線を私に向けています。

普段ならプレッシャーで逃げ出したくなるような状況。

しかし、私はこの日のために、準備に準備を重ねてきました。仕事の時間以外のすべての時間をラーメン研究に充《あ》て、一日三食、すべてラーメン。頑張れる日であれば一日五食ラーメンを食べる日も。

おかげさまでちょっと胸とウエスト辺りが……。

代償《だいしょう》はありましたが、出来ることはやり切りました。そのことが仕事では感じたことのない自信を私に与えてくれます。

「それで、どこに連れてってくれるの？」

編集長の自信満々の態度と表情。おそらく、すでにこの辺りだろうと目星がついているでしょう。そしてこの店なら的な合格ラインも……。

しかし編集長の想定通りには動きません。

ここで裏をかいてこそ編集長攻略《こうりやく》の糸口があるというものです！

「いえ、今日は店には行きません。編集部で食べましょう。少々お待ちを」

私はそう言い残し、みなさんのざわつきを背に給湯室へとダッシュします！

もちろんすでに準備は万端《ばんたん》。

私の一週間のラーメン研究の結論が給湯室に用意されているのです！

「お待たせしました。今日食べていただきたいのはこれです」

編集部に戻った私が手にしていたのは土鍋《どなべ》。

そしてその中身とは――。

私が土鍋の蓋《ふた》を取ると、ふんわりと蒸気が上がり、その後に姿を現したのは、お湯に入った白く四角い物質。

「これは……湯豆腐《ゆどうふ》？」

さすがにこれはまったく想像をしていなかったようで、編集長の目はまん丸です。

ふふふ、こうして驚いている分にはたんなる可愛い幼女です。

「そうです。湯豆腐です。私はこの一週間、ラーメンをひたすら研究し続けました。そしてどうしてラーメンが日本で独自の進化を遂げたのか、考え続けました。その結論は和食のダシ文化です。日本人のダシに対しての繊細《せんさい》な感覚と技術、それが中国から伝わった麺《めん》料理と相まって、独自のスタイルへと発展させたのです。そしてその原点といえるダシ。それをシンプルに味わえる料理。それが湯豆腐です！」

——決まった！

私はそう確信したのですが……。

編集長からなんのリアクションもありません。

ほかのみなさんも湯気を立てる豆腐を見つめてただ呆然《ぼうぜん》としています。

味方なんですから、なにか盛り上げるひと言くらい言ってくれてもいいものですが。

仕方ありません。私が解説しないと。

「どうです？　編集長。利尻《りしり》産のすごくいい昆布《こんぶ》を使ってるんですよ、しかも一時間前から水につけて……。豆腐も最高のものを……。編集長？」

「川田《かわた》、あんたが、今日のためにすごく勉強したのはわかったけど……これ湯豆腐じゃん」

「はい、湯豆腐です」

「わたし、ラーメンが食べたいんだけど」

「いえ、でも今日はラーメンのルーツを探る……」

「ラーメンじゃないじゃん、湯豆腐じゃん！」

編集長の口調が徐々にきつくなってきます。

最初はあっけに取られていたものの、だんだん腹が立ってきたご様子。

「でもですね。日本のダシの文化を味わうにはやはり湯豆腐が……」

「わたしにラーメンを食べさせろって言ってるの！　この無能！　そもそも夕ご飯、湯豆腐《ゆどうふ》だけっておかしいと思わないの？」

編集長がおかんむりです！　顔を真っ赤にして、癇癪《かんしゃく》を起こした幼女のように、ジタバタと地団駄《じだんだ》を踏《ふ》んでいます。

「でもですね。ずっとラーメンを食べ続けて、昨日の深夜、ついに湯豆腐にたどり着いたんですけど、本当に美味《おい》しかったですよ。胃に優《やさ》しくて」

「あんたがラーメン食べすぎで胃もたれ起こしてるだけでしょ！　川田《かわた》、もしかして、ふざけてる？」

「ふ、ふざけてないです。みなさん、いいですよね、湯豆腐」

私は必死に同意を求めたのですが……。

「…………」

全員無言。

残念ながら援護射撃はありませんっ！

みなさん、目も合わせてくれません。浜山《はまやま》さんに至っては湯豆腐を見て、露骨にイヤそうな顔をしています。完全に敵の顔！

「とりあえず食べてくださいよ。美味しい湯豆腐ですから。ねえ岩佐《いわさ》さん。はい、どうぞ」

私は勝手に湯豆腐を小鉢《こばち》に取り、岩佐さんに手渡します。

岩佐さんは渋々ながら、それをひと口食べて……。

「ドンマイ」

ただそれだけ言って、私の肩をポンと叩きます。

味の感想は……？

編集長は慌てふためく私をただ冷たい目で見つめるばかり。

「もしかして……、不合格ですかね」

私は思いきって結論を編集長に尋ねてみるのですが……。

「不合格っていうか、失格？　というか、エントリー失敗？　っていうか、ラーメン食べに行くよ！」

編集長は他の編集者を後ろに従えて、編集部を出て行ってしまいます。

残されたのは私とプレーリードッグの栄吉《えいきち》さん。

「……栄吉さん、食べますか？」

「ワヌッ！」

湯豆腐に駆け寄る栄吉さん、クンクンと匂いを嗅いでいますが……。

湯豆腐からぷいっと顔を背《そむ》けてしまいました。

栄吉さんが興味を持ったのは湯豆腐ではなく小皿に添えてあった薬味《やくみ》のネギ。

薬味のネギを咥《くわ》えると、せっせと本棚の隅《すみ》へと運んでいます。そして全部のネギを運び終えると、その上で横になりました。……ベッド的な使用方法。

——違ったみたいです……。

思わず頭を抱える私。

絶たれました、出世の道が……。

絶たれました、命脈が……。

私もまた胃に穴が空くまで、ラーメンセンスなしガールとしていびられるのでしょうか。

悔しいです。あんなに頑張ったのに。こんなに胃もたれしているのに。ラーメンの食べすぎで、朝起きると、おでこがテカテカになる日々を過ごしたのに。

辞表でも書こうかな……。

私にそんな気の迷いが生じたときでした。

私のスマホが何度か振動します。どうやらＬＩＮＥのメッセージが届いた様子。

編集長からです。

——湯豆腐《ゆどうふ》取っといて、ラーメンの〆《しめ》にはいいと思うから。あとで食べる♡
スタンプなしで二行だけのシンプルなメッセージ。
しかし、なんとなくですがハートマークに優《やさ》しさを感じます。

……なんとなく助かった気がします。

結論としてはなしだけど、努力はギリギリ認めるくらいのところでしょうか。

ラーメンのセンスはどう思われても構いませんが、お仕事に影響が出ることは避けなければいけません。

なんとかそこだけは回避できたでしょうか……。

努力は無駄《むだ》にはならなかった。

そのことにいまはホッと胸をなでおろします。

ちなみにラーメン店から戻ってきた編集長は薬味《やくみ》を全部ベッドにしてしまった栄吉《えいきち》さんに怒りの矛先《ほこさき》を向けたのでした。

桃香のライトノベル用語解説

【企画書】

川田「新作を立ち上げるためには、まず企画書を作成し、編集長にOKをもらう必要があります。
作家さんのプロットから企画書をまとめる場合、逆に編集者から「こんな企画どうですか?」と提案する場合。作家さんと一緒に企画を作り上げる場合、様々なパターンがあります」

星井「何か月もかけた企画が落ちた時の作家さんの顔って、死んだ魚にそっくりね」

6

「このキャラなんだけどさ、殺せない？」

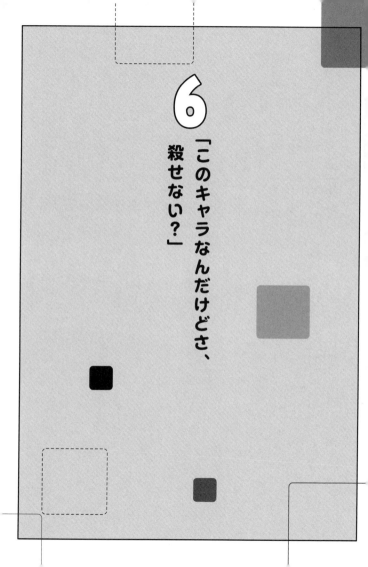

月末。入稿が近づき、ギギギ文庫編集部はいつもにも増して、みなさんの帰りが遅くなります。雑談《ざつだん》も減り、その代わりに独《ひと》り言《ごと》、悲鳴、うめき声、断末魔《だんまつま》が増えます。

「はぁ〜、もうダメぽ。死んじゃうんよ〜、誰か〜、お巡《まわ》りさーん！」

私の左隣からは井端《いばた》さんの悲鳴が定期的に聞こえてきます。

すっかり疲れ切って、透き通るような白い肌もどことなくくすんでいます。

井端さんはたしか今日が編集長チェックだったはず。

間違いなく原因はそれでしょう。

ライトノベルの制作過程には様々な工程があります。

企画の立ち上げ、プロットのチェック、実際の原稿の修正、イラストレーターさんへのイラストの依頼、デザイン、帯の作成、そして……。

——編集長チェック。

これはギギギ文庫独特の工程です。

作家さんと編集者の間で原稿の修正を重ねて、完成した原稿を編集長がチェックし、最終的なGOサインを出すのです。

まさに最後の関門。

あのドS幼女が門番として待ち構える関門です。簡単には通してもらえる門ではありません。

ほぼ門番にボコボコにされてしまうのです。江戸時代の関所よりも厳《きび》しい気がします。

井端さんのデスクには付箋《ふせん》まみれの原稿。

編集長は原稿を読んで気になった箇所《かしょ》、修正が必要と感じた箇所に付箋を貼り、修正の指示を出すのですが、あまりに付箋が多すぎて、水色のフリルのついた原稿のようになっています。

しかも編集長チェックは最終関門とあって、修正に残された時間はほとんどありません。

基本的に与えられる時間は一日か、二日。

要するに、井端さん曰《いわ》く、もうダメぽということになります。

「付箋がすごく多いですね……」

「多いンゴ。何枚かこっそり剝《は》いだんだけどね……」

井端さんの脇のごみ箱には本当に付箋がいくつか入っています。

「ダメですよ。バレたら怒られますよ」

「バレないんよ。こんなにチェックしたら、全部覚えてるはずないんよ！　それにそれどころじゃないんよね。〝ラスト変えろ〟が出ちゃったんよ」

井端さんは「うわーん」と言いながら、ぺしゃんと机に倒れこんでしまいました。

〝ラスト変えろ〟は編集長チェックの中でも上位に入る無理難題です。

編集長は序盤のつかみとラストシーンに大変こだわりを持っています。

そして編集長チェックで原稿を読み終わったのち、なんとなく盛り上がりに欠けると感じた場合にはラストシーンの変更を指示することが多いのです。

もちろんラストシーンでの盛り上がり、さらにはエピローグの読了感は非常に重要。そのことに異存のある編集者はいません。

しかし、打ち合わせを重ね、原稿の修正も終えたラストシーンです。そんなに簡単に変更できるものではありません。そもそもラストシーンは序盤、中盤あってのラストシーン。そこだけを変えれば逆におかしなことになってしまいます。

当然作家さんも説得しなければいけません。つい先日まで問題ないと言っていたラストシーンを変更してくれと頼むのですから、これがなかなか大変なのです。

たしか井端《いばた》さんが今月担当していたのは大木明人《おおきあきと》先生の『魔女《まじょ》と優《やさ》しくない世界』、メルヘンチックなファンタジーです。

「大木さん、頭抱えてたんよ。そして、そのあと吐いたんよ」

吐きましたか……。

噂《うわさ》によると大木さんはメンタル的に弱いタイプらしいです。

とくにメンタル弱めの作家さんに、二日でラストを修正してほしいと依頼するのは、非常にリスクがあります。

下手をすると、ライトノベル業界に絶望《ぜつぼう》して、筆を折ってしまうこともあります。

そんなことになったら残念でなりません。

モチベーションを失わせずに、それでいて編集長の修正指示も受けていただく、非常に大変かつ、繊細《せんさい》なお仕事なのです。

「大丈夫でしょうかね」

「ウチは信じてるんよ。大木さんは吐いてからが強い人だと。いまは細かいところをこっちで直しながら、待つしかないんよ」

吐いてから強い。そんな作家さんがいるのか私にはわかりませんが、そうであることを私も祈《いの》らずにはいられません。

大木さんからの修正原稿を待つ井端さん。

その井端さんもまた吐きそうなほど顔色が悪いです。

顎《あご》をデスクに乗せたまま、悲しげにパソコンのモニターのフチを見ている井端さん。

「はぁ〜、すみぺのライブ、行きたかったなぁ」

井端さんはそう言うと、仕事と関係ないアニメグッズで埋め尽くされたデスクにのそりと手を伸ばし、モニターの端にテープで張りつけてあった、チケットをはがします。

あれはたしか人気声優上原《うえはら》すみえさんのライブのチケット。

井端さんはそのチケットをいつも見えるところに張りつけて仕事のモチベーションとしていたのです。

ライブの開催日は明日。残念ながら行けそうにありません。

「残念。残念……うわーん。しくしく、めそめそ。会いたかったよ〜めそ〜！」

井端《いばた》さんは口ではっきりと「めそめそ」と発音しています。

私は人がはっきりと「めそめそ」と言ったのを初めて耳にしました。人は大きなショックを受けたとき、口から擬音《ぎおん》が発されるのでしょうか。

とにかく井端さんと大木《おおき》さんは今晩、そして明日とほぼ不眠不休で修正作業に従事することになります。

「しょうがないですよ。お仕事ですから」

「ウチは仕事を趣味にしたくてこの編集部に入ったんよ……。もしかしたら気づいてるかもしれないけど、ウチってオタなんよ」

……存じ上げております。

後輩《こうはい》的にはそう言うわけにもいきません。

「そうなんですか……」

「だから、元々ラノベも大好きなんよ。こうやって、ラノベに囲まれて、ラノベのことだけ考えてたら幸せだろうなって思ったんよ……」

井端さんはそう言うと小さくため息を吐《つ》きます。

「実は私も同じです」

井端さんのようにアニメや声優、漫画《まんが》の知識は詳しくないですが、私もまた中学生の頃《ころ》に読んだライトノベルの楽しさが忘れられず、自分も携《たずさ》わりたいと思って、この編集部を志望し

たのです。井端《いばた》さんと気持ちの上では同じです。

「違うンゴ……、川田《かわた》さんはヌルいんよ。私はガチなんよ」

……寄り添ったのに、否定されてしまいました。

この辺りが実にガチ勢といった感じです。別にいいですけど。

「そ、そうですか……」

「ウチは可愛いイラストを見てるだけで幸せなんよ。そして、それがメディアミックスなんてされたら、すっごく嬉《うれ》しいし、そのためならなんでもやるんよ。でも最近は……編集長のOKをもらうためばっかり……。自分のワクワクするお仕事が出来てないんよっ！　それが嫌なんよね……自分の大事なものを汚《よご》してる気がするんよ」

「そんなことないですよ。井端さんはいい仕事してますよ」

私は本気でそう思ってます。

井端さんの作品はカバーイラストひとつ取っても、やはりガチの人しか出せない細やかなこだわりを持っています。それは同じ気持ちを持っている人には確実に伝わる作品になっているはずです。

「そういってもらえると、救われる気がしないでもない気が、微《び》レ存《ぞん》レベルでするんよ」

……もう少し救われてくれても。

「イベントも、また今度行けますよ」

「また今度、また今度、そればっかり……。疲れたんよ。なんで自腹で買ったライブすら行けないんよ！　ストレスで禿《は》げるンゴ！　寿命《じゅみょう》が尽きるんよ！」

「井端さんはまだ若いんですから、当分寿命は大丈夫ですよ」

「確実にライフを削《けず》られてるンゴ。最近、身体の右半身だけ痛いんよ。これは編集長の席がある方向だけ痛いんよ！　あの人の邪気《じゃき》だけで、身体が蝕《むしば》まれてるんよ」

よく見ると、井端さんの右側の後《おく》れ毛《げ》だけ、若干キューティクルが失われている気が……。

そういえば、岩佐《いわさ》さんも右肩が凝《こ》るとか、上がらないと言っていたような。そして向かい側の席の星井《ほしい》さんは左胸が張ると……。

ただの偶然に決まっています。というか偶然だと考えないと、怖《こわ》くてしかたないです。

「あー、ライブ行きたいんよー。サイリウム振りたいんよー、編集長チェックやなんよー」

井端さんの精神は崩壊寸前。駄々っ子のような言動に……。もしかしたら幼女化がはじまっているのでしょうか。

井端さん、お気の毒に……。

などと思っている余裕は私にはありません。

――明日は我が身です。

これはなにも慣用句的表現ではありません。

事実明日は我が身の番なのです。

編集長はその驚異的なスタミナにより、毎月レーベルから出版されるすべての原稿に目を通し、チェックを行います。そのペースは一日に一作から二作。自レーベルから出ている作品を全部読んでいる編集長はおそらくこの幼女だけ。

そして明日は私の担当作品の番なのです。

つまりは本当に明日は我が身だということ。

今回、私が担当しているのは原西《はらにし》先生、ギギギ文庫生《は》え抜《ぬ》きの中堅作家さんでコメディを専門とする方です。編集長は割りと気に入っている部類に入る作家さんです。

そのお気に入り感で修正箇所《かしょ》が少なくなればいいのですが……。

◆

翌日午後一時。

「私がイメージしてたのと違うね」

編集長の席に呼び出された私に厳《きび》しいお言葉が投げられました。

残念ながらお気に入りに対しても編集長は厳しい人でした。

チュッパチャップスを咥《くわ》えながら、付箋《ふせん》つきの原稿を睨《にら》みつけています。

原稿に貼られている付箋の数は井端《いばた》さんほどではないものの、かなりの数です。おそらく百は超えているでしょう。

「イメージと違うと言いますと……」

「まずストーリー性が薄いね」

今回の原西さんの作品『田舎《いなか》暮らし』は田舎で暮らす子供たちを描いたコメディ。いわゆる日常系に分類される作品で、一話完結の短編連作方式。基本的にストーリーはありません。

ですからストーリー性と言われても……正直、困ってしまいます。

「それはプロットの時点で説明を……」

「はぁ!?　そんなこと知らないね。そう感じたんだから、そうなの！　あんた読者にもプロット見せる気？」

「い、いえ……」

「書き直せとは言わないからさ、ちょっとは縦軸《たてじく》を作らないと。あとヒキ。そんなの基本だよ。なんで私がわざわざ言わなきゃいけないの？」

編集長の言う縦軸とはストーリーラインのことです。

この作品が一話完結であるために、全体のストーリーラインを失っているとのご指摘《してき》。

そしてヒキとは次巻へ読者を惹《ひ》きつける要素のこと。

ですが、この作品は日常系の短編連作。縦軸とヒキが弱いのは覚悟《かくご》の上、作家さんとそこはあえて無視することで、個性を出そうと確認した部分です。

それなのに縦軸《たてじく》とヒキを作れと言われましても……。困ってしまいます。

「ヒキがあったほうがいいのはわかりますけど、でも日常系ですので……」

「で、このキャラなんだけどさ、殺せない？」

「殺せないです！」

日常系で死者は出したくありません！　しかも登場人物は小学生。小学生が死んでしまうコメディなどありえません。

「とにかくさ。縦軸とヒキを作って。それから、あとがきなんだけど、あんまりおもしろくないから書き直しね」

編集長は異論を挟《はさ》む余地を感じさせないレベルで書き直しを宣告します。

編集長チェックでの指示は絶対。必ず反映《はんえい》させなければいけません。

それにしても今回の指示はちょっと変わっています。

あとがきを全面書き直し、こんな指示は通常ありえません。

なぜならあとがきは基本的に作家さんが自由に書くおまけコーナーのようなもの。しかもあとがきはほぼ内容は決まっています。

基本的には担当編集者、イラストレーターさん、そして読者のみなさまへの謝辞《しゃじ》。それにちょっとしたコメントくらいの内容。

書き直しになる要素がないのです。

「修正じゃなくて書き直しですか……」

「だって、原西《はらにし》さん、完全に枯れちゃってて、たいしておもしろくもないし、たいして売れないし、せめてあとがきくらいおもしろくないと使いどころないでしょ」

「ふ、ふぁっ⁉」

思わず変な声が出てしまいました。

……本人が聞いたら憤死《ふんし》しそうなお言葉。

しかも編集長が恐ろしいのは直接これを作家さんに言えてしまえることです。

当分は原西さんを編集長に近づけてはいけません。

とにかくヒキを作ることとあとがきの全面書き直し。これは絶対です。

編集長は絶対権力者、その指示を無視することなどできません。

ヒキとストーリーの縦軸はいらないと私も考えていたわけですし、あとがきも問題ない内容だったと思うのですが、枯れちゃってる認定を受けてしまった原西さんにはかわいそうですが、直してもらうしかありません。

私はすごすごと自分のデスクに戻り、原西さんに電話で修正内容をお伝えします。できるだけオブラートに包んで。

原西さんは少々ショックを受けていましたが、修正を快諾《かいだく》してくれました。

縦軸とヒキをどうするか私も考えつつ、まずはあとがきを修正していただきます。

今回のあとがきは四ページ。標準的なあとがきよりはちょっと多め、ボリュームを考えると急いで直してもらう必要があります。

待つこと二時間。

新しいあとがきがメールで送られてきます。

前回のあとがきに比べて、謝辞《しゃじ》がぐっと短くなり、その代わりによもやま話が増えました。

お酒の席での失敗談ですが、なかなかどうしてコミカルです。

なかなかどうしてコミカルだったのですが……。

「こういうのじゃない」

なんと編集長はそれを一蹴《いっしゅう》しました。

頰《ほお》を目いっぱい膨《ふく》らませていかにも不満そうな顔をしています。ピーマンが嫌いな子にピーマンたっぷりの野菜炒《いた》めを出したかのような、そんな様子です。

「なにが違うんですか?」

「これ普通のあとがきじゃない。驚きがないんだよね。原西《はらにし》さんも潮時《しおどき》かな。切るか。切って干して、漬けるか」

……驚き!?　あとがきに驚きが必要なのでしょうか?

しかし、こんなことで原西さんのライトノベル作家としてのキャリアを終わりにしてはいけません。

「わかりました。驚きですね」

「そう。もうあとがきでしか生きられないんだから」

なんて恐ろしい発言をするのでしょうか。

……編集長とは絶対に会わせられません。

とにかく再度電話してあとがきの再度の書き直しをお願いします。

本人にお伝えすることはできませんが、作家生命がかかったあとがきです。傑作《けっさく》あとがきを書いてもらわないと。

そもそもあとがきに傑作があるのか私にはわかりませんが……。

待つこと一時間。

新しいあとがきがメールで届きます。

そのあとがきには驚きがありました。……悪い意味で！

なんと編集長と担当編集である私への悪口が書いてあります。それはまだ見逃すこともできるのですが、謝辞の代わりにイラストを担当していただいている女性イラストレーターさんを性的な目で見ていたことが書き連ねてあります。乳がデカいので、本当に会うたびにドキドキしたし、どうにかしようと試みたと……。

こういった驚きは必要ありません！　というか、これを世に出せば損をするのは原西さん本人です。

私はすぐに原西《はらにし》さんに電話します。

『原西さん、なにを考えているんですか？』

『えっ、なにがですか』

電話の向こうの原西さんは意外といったリアクションでした。どうやら本人はいいあとがきが書けたと思っているようです。

『なにがって、これはなんですか！　無茶苦茶じゃないですか』

『ライトノベル史上、一番過激なあとがきを目指したのですが……』

『そんなものを目指さないでください！』

『サプライズが欲しいんじゃ……』

『悪口は誰でも書けます！　ただ誰もやらないだけです』

『普通のあとがきもダメ、おもしろエピソードもダメ、悪口もダメって、もうなんにも書けることがないっすよ』

『あります！　出してください、もっとあとがきの概念《がいねん》を変えてしまうような、斬新《ざんしん》なあとがきを！』

『川田《かわた》さん……なにを言ってるんですか？』

電話の向こうの原西さんは呆然《ぼうぜん》としているご様子。あとがきにそんなものを求められても戸惑ってしまうことは理解できます。

しかし原西さんはわかっていないのです。ご自身が思っている以上にピンチであること。作家生命が掛かっていることを。もちろん伝えないのでわかるはずはありませんが。

『とにかく、あとがきを直してください。全力で。死力を尽くしてください！』

『えーと、どうしたら……、あ、こんなのどうです？　いきなり、オチン……』

『ダメです！　よろしくお願いします』

私は原西さんの言葉を遮《さえぎ》り、そうお願いすると電話を勢いよく切ります。

私もちょっとだけ感情的になってしまいました。

わかっていないとはいえ、自分のピンチでなにを言おうとしてるのでしょうか。そういう悪ふざけをしている余裕はもはやないのです。

編集長は直感の人。「この人はもうないな」と判断されたら、その後のラノベ作家人生は本当にいばらの道になってしまいます。ついつい強い口調になってしまいましたが、これも原西さんのためを思ってのことです。

私は鬼になるしかありません。あとがきの鬼。あと鬼です。

発破《はっぱ》をかけるだけかけて電話を切り、再び待ちに入ります。

時刻は午前一時を回りました。

すでに編集長はオネムの時間。颯爽《さっそう》と帰ってしまいました。

編集長はタフではあるものの、興味のない仕事が大嫌い。

そういった案件を前にすると途端に眠くなるのです。

しかし、我々は帰るわけにはいきません。翌日の編集長の出社に合わせて、修正作業を続行します。

左隣の井端《いばた》さんは今日も電話で大木《おおき》さんと格闘中。井端さんは二日連続のお泊まり、お気の毒です。

しかし二日連続くらいでは「大変ですね」と声をかけるレベルには達していません。

私の向かいの席に位置する浜山《はまやま》さんに至っては計測不能。もう何日編集部に泊まり込んでいるか誰も数えていません。おそらく本人ですらわかっていないでしょう。

今日も床に段ボールを敷き、ぐっすりと眠る浜山さん。

おそらくこの方は帰れる日でも帰っていません。床で寝るのが気持ちいいのでしょうか。

私もそろそろ眠くなってきましたが、もちろん眠るわけにはいきません。いま原西《はらにし》さんは傑《けっ》作《さく》あとがきを目指し、必死に戦っているはずです。完成次第すぐにチェックするためには、眠らずに待つしかありません。

それは井端さんも同様です。

「たしかに言ったんよ。でも、状況が変わったから仕方ないんよね。泣き言を言ってもなんにも進まないんよ」

井端さんも珍しく口調が強くなっています。

おそらく電話の向こうの大木さんも感情的になっていることでしょう。

編集長チェックでは、ときに編集者が修正をお願いした箇所《かしょ》を、逆の方向に再度修正をお願いするという悲劇も発生します。

一歩間違えれば作家さんとの信頼関係が崩れかねません。いかにこれまで言っていたことと矛盾《むじゅん》なく説明するか編集者としての弁舌《べんぜつ》の力が問われます。

「勘違《かんちが》いしないでほしいんよ。ウチは敵じゃないんよね！　大木さんの味方なんよ。作品を良くするために一緒に考えるんよ！　ただ編集長に言われたからじゃないんよ！」

おそらく、井端さんは大木さんから編集者はサラリーマンで上司の命令には逆らえないから、作品のクオリティのことなど考えずに無茶な要求をしている。

そのような意見を受けているのでしょう。

そのような指摘《してき》を受けるのは編集者としてとても悲しいことです。

たしかに編集者はサラリーマン。会社からお給料をもらっています。当然、組織として動かなければいけません。しかし同時に作品を作る仲間なのです。決して作品のことなどどうでもいいなどとは思いません。いい作品を作りたい、その思いはみんな持っているはずです。

そうでなければ、即転職する環境です。

こんな時間まで好き好んで職場に居残りたい人間はいません。

ねぐらとして好んでいる浜山さんを除いては……。

「落ち着いて、冷静になるンゴよ。一緒に頑張るんよ。そうなんよ。まずはデュークとアルベルヒのバトルの決着をここでつけるのを止《や》めて、今後、もう一度登場する可能性を残しつつ、そうなんよ、左腕はもう使えなくなったけど、命までは取られない的な……。それからエレノワはソーセージを茹《ゆ》でたんじゃなくて、炒《いた》めたことにしましょう」

……なんの修正でしょうか？

熱い言葉の直後にソーセージ。しかも茹でと炒めの変更。

どんなお話なのかわかりませんが、編集者が敵に見えるほどの変更点なのでしょうか。

大木《おおき》さんは性格はおとなしいが、非常に頑固と聞いたことがあります。

なにかしらこだわりのシーンだったのかもしれません。

「なるほど、なるほど、それはいいアイデアなんよ。そこはエレノワがワイバーンに乗って飛んでいるからで、説明がつくんよ。そうなったら、ソーセージが炒めになったのが活きてくるんよね。さすが大木さん」

……本格的になんの修正でしょうか？

ワイバーンに乗りながら空中でソーセージを炒めているんですか。

異世界グルメ系のお話でしょうか？

しかし、井端《いばた》さんの顔に生気がよみがえっています。

肌の張りも戻って、いつもの清楚《せいそ》で可憐《かれん》な井端さん復活《ふっかつ》です。

編集者のお肌に潤《うるお》いを与えるのはいつだって、素晴らしい原稿なのです。

「そうそう、それがいいんゴよ。それからエレノワの語尾ですが、『〜でゲス』じゃなくて、『〜ぞなもし』に変更しませんか？　編集長がイメージと違うと言ってるんよ」

エレノワどんなキャラですかっ！

ソーセージをワイバーンの上で炒めて、語尾が「〜ぞなもし」……。

濃いです。すごく味つけの濃いキャラです。ラーメン・ヂ郎のスープ並みです。

正直、読みたくなってきました。

発売されたら自腹で買ってでも読みたいです。

とにかく井端さんの修正作業はなんとか軌道《きどう》に乗っているようです。

……問題は私です。

原西《はらにし》さんはあとがきを書けたでしょうか……。

とりあえず、メールをチェックしてみます。

届いています。到着は一分前、まさに出来立てのあとがきです。今回はどんなあとがきにな
っているでしょうか。

原西さんには発破《はっぱ》をかけられるだけかけましたが、正直なところ、ものすごい傑作《けっさく》を期待
しているわけではありません。

時間がほとんどかけられない状況ですし、あとがきはそもそも傑作を目指して書くものでも

ありません。編集長がなんとなく満足してくれればいいのです。

編集長の才能が枯れたという認識が多少修正される程度であれば……。

それによって原西《はらにし》さんに次回作にチャレンジできる権利が与えられるのですから。なんとか編集長から努力賞をもらえるくらいのレベルに……。

——傑作《けっさく》じゃないですか！

なんでしょうか、この斬新《ざんしん》なあとがきは！

あとがきが通常、謝辞《しゃじ》ばかりの紋切《もんき》り型《がた》であることを逆手《さかて》にとって笑いを作りつつ……。しかしそれでいて、同時に謝辞としても成立しています。

しかも、それだけではなく、読んでいる人が浮遊感《ふゆうかん》を覚えるような不思議な文章。一種の現代詩《げんだいし》としても読むことができます。

ついでに電子レンジの掃除《そうじ》方法に関する豆知識《まめちしき》まで！

見事です。いい意味で期待を裏切られました。逆にこれを書くことができるのに、なぜ途中で女性イラストレーターを性的な目で見ているなどと書いたのでしょうか？

私は電話を手に取ります。

時刻はすでに午前二時半、電話をかけるには非常識な時間なのは重々承知していますが、ねぎらいの言葉だけでもかけさせていただきたいのです。

「もしもし、原西さん。やりましたね。お見事です！」

『はあ、ＯＫですか……ふう、よかった』

原西さんの声は疲れ切っていました。こちらがあとがきを褒《ほ》めちぎっても、あまりリアクションがありません。

おそらくこの六ページのために本当に死力を尽くしてくれたのでしょう。

「これなら編集長も絶対に納得してくれるはずです」

『そうっすか……。マジで寿命縮《じゅみょう》むレベルで頑張りましたよ……』

原西さんの寿命が縮んだのかはわかりませんが、作家生命としての寿命は確実に延びたはずです。

「その甲斐《かい》は絶対あったはずです！　これでダメって言われたら、私、断固として戦いますからね」

ライトノベル編集者は本当にいい文章に出会った時、私利私欲《しりしよく》を忘れます。もしクビになるとしても抵抗できる。いま私はそんな気持ちです。

『はは……、ありがとうございます。とにかくもうヘトヘトです。じゃあ、おやすみなさい』

「はい、おやすみ……違います！　まだあとがきを書いただけじゃないですか、本体の原稿まったく手をつけてないですよ」

そうです、これはあくまであとがきの修正。

本体である作品の修正はまったく進んでいません。百を超える付箋《ふせん》の指摘《してき》、そして縦軸《たてじく》とラストシーンにヒキを作ること。これを明日の午前六時までにどうにかしないといけません。

『……無理です。死力を尽くしてあとがき書いたんで、脳が動かないです。喋《しゃべ》ってる途中で寝ちゃいそうなくらい眠いですし、なんだか意識が朦朧《もうろう》とします。あと足の指の先がめちゃくちゃ痛いです』

足の指の先が痛いのはたんなる痛風《つうふう》では……。

しかし眠かろうが、痛風の発作が出ていようが、原稿は直していただかなければいけません。

「あとがきはあとがき、大事なのは本文じゃないですか！　直しますよ、先ほど送ったＰＤＦを確認してください」

『ＰＤＦ、なんてイヤな響きの拡張子《かくちょうし》なんだ。はぁ…………。川田《かわた》さん、あとがきだけおもしろかったら、それでＯＫにしません？』

「なんでそこは編集長と同意見なんですか！　自分の作品じゃないですか！」

この人はラノベを長くやりすぎでちょっと緊張《きんちょう》感が欠けてしまっている気がします。

『そうなんですけど……あっ充電が』

電話が切れました！

ワザとらしく充電などと言っていましたが、確実に原西《はらにし》さんが切っています。

――絶対に逃しません。

今回のこのやり取りでわかった気がします。

この人は追いつめれば、結局やるタイプの作家さんです。

まだ編集者として日が浅い私ですが、徐々にわかってきたこともあります。作家さんは追いつめると力が出ないタイプと、逆に追いつめられないと力を出さないタイプがいます。

そして原西さんは典型的な後者。

優《やさ》しくしているとイラストレーターへのセクハラ、あげく放送禁止用語などを適当に書いちゃうタイプ。最悪のパターンの後者です。

私はもう一度鬼になることに決めました。

今度はヒキを考える鬼、ヒキ鬼となります。

ヒキ鬼はヒキが出るまで作者を寝かせはしません。

私は颯爽《さっそう》とリダイアルボタンをプッシュします。きっちり鳴るコール音。やはり充電は切れていません。仮に本当に切れていたら、タクシーで自宅訪問するまでです。

『もう！　無理だって言ってるじゃないですか！　僕は子供の頃《ころ》からPDFアレルギーと痛風持ちなんです！』

「無茶苦茶言わないでください。さあ、ヒキを一緒に考えましょうっ！」

『あっ充電が！』

――逃がしませんっ！

もちろんノータイムでリダイアル。徹底して追いつめます。これも作品のため、そして作家さんのためです。

この茶番を繰り返すこと数度。

ようやく原西《はらにし》さんはヒキを作ることを了承してくれました。

夜はさらに更《ふ》け、いまや早朝。

原西さんも私もすでにズタボロです。

午前六時ぎりぎり、なんとか修正原稿が仕上がります。

今回の編集長チェックもまた修羅場でした……。しかも、これが毎月繰り返されるのです。

なんだか気が遠くなります。

でも、いまは遠い未来を考えてはいけません。一日、一日を積み重ねるのみです。

ちなみに大木《おおき》先生の作品は予想に反して、本格的でちょっぴり切ない、泣かせる系のファンタジーだったのでした。

7
「部下を見たら給料泥棒と思え」

「あー、もう、失敗した！」

その日、編集長は編集部に顔を出すなり、ぶつくさと文句を言っていました。

編集長の手にはキャリーケース。大人からすればちょっと小ぶりなサイズですが、編集長にとってはそれでも身体の半分が隠れるほどの大きさです。

キャリーケースに振り回されながら、自分のデスクへと到着すると、あわただしく引き出しを引っ掻《か》き回しはじめます。

「あら？　どうしたんですか？」

編集長の席は他の編集部員から少し距離を置いたお誕生日席。

その編集長の席から一番近い星井《ほしい》さんがちょっと不思議そうな顔で声をかけます。

星井さんが不思議そうな顔をしたのも無理はありません。今日から編集長は台湾へ三泊四日の出張だったはず。出社せずに直接、空港へと向かうと言っていた気が……。

「見たらわかるでしょ。忘れ物っ！」

編集長は引き出しから書類の入ったクリアファイルを引っ張り出し、それをキャリーケースに詰め込みます。さらに引き出しを引っ掻き回すとお子様用チャイナドレスとヌンチャクを取り出し、それも詰め込みます。

出張にヌンチャク持参とは……、コスプレパーティーでも開催されるのでしょうか。

だとしても現地調達すればいいと思いますが……。

「まったく……。私としたことが。星井、あとよろしくね」

「はい。もちろん、ご心配なく」

星井さんは優雅《ゆうが》な口調で答えます。

しかし編集長は信用できないご様子。

「本当に大丈夫なの？　結局、星井は甘いからね、厳しくいきなさい。こいつら絶対に油断するからね。人を見たら泥棒と思え、部下を見たら給料泥棒と思え、の精神で！」

編集長は拳《こぶし》を振り上げ演説口調、拳を振り回すたびにかすかに揺れる『性悪説《せいあくせつ》』の書。

さすがの星井さんもちょっと引き気味です。

「はい……」

「ビシビシ働かせて！　それこそ馬車馬が心配するくらいに！　悲鳴が上がるくらいが丁度いい職場なんだからね。サボったと思ったら、すぐに血祭にあげないと、いい？　冤罪《えんざい》を恐れちゃダメ、疑わしきは厳罰……」

「あの編集長、時間は大丈夫ですか？」

「ぬぬ、そうだった。とにかく頼んだからね！」

そう言うと編集長は念を押すかのように編集者ひとりひとりの顔をキッと睨《にら》みつけ、くるりと回れ右します。

キャリーケースに引っ張られて、若干よろよろしながら、編集部を後にします。

その背中を無言でじっと見守る編集部一同。

小さい背中がさらに小さくなり、やがて完全に消えました。

…………。

「やったー、村に平和が訪れたー！」

真っ先に声を上げたのは浜山《はまやま》さんでした。

質、量ともにもっとも編集長に叱《しか》られている浜山さん。その解放感はひとしおなのでしょう。

両手を上げて、万歳を繰り返しています。

「本当によかったンゴねえ。最近、浜山さん叱られすぎで、ちょっとおかしくなってたんよねえ。ワタモテのもこっちみたいな目になってたんよ。なにせ、普段より六割増しで叱られてたんよねえ」

井端《いばた》さんは万歳三唱する浜山さんを見つめて「ンゴンゴ」と感慨深げに頷いています。

いつもの六割増しですか……。ただでさえ多いのに、さぞや……。

「浜山さん、なにしたんですか？」

「大したことしてないっぽいんよね。ただ普段の六割増しで失敗しまくっただけなんよ」

妥当じゃないですか！

そんな妥当に叱られ続ける日々から解放された浜山さんは万歳し終えると、編集長の座右《ざゆう》の銘《めい》である『性悪説《せいあくせつ》』の書をパネルから剝《は》がしはじめました。

「やった！　自由だー！　恐怖の支配は終わったよー。これからは好きに寝ていいんだー！」

と、言いつつも、破れないように慎重に剝がしているので、また編集長が戻ったら貼るつもりなのでしょう。おそらくかりそめの平和を楽しむために必要なセレモニー。そんな感じでしょうか。

ソ連崩壊時のレーニン像、イラク戦争時のフセイン像の破壊、そんな場面を想起させます。

「あのねえ、浜ちゃん、別に私もサボりを推奨してるわけではないからね。節度は守ってくれないと困るわよ」

苦笑いしながらもたしなめる星井《ほしい》さん。

「もちろんだよー。解放感にねー、浸ってるだけだよ。ふいー、やっぱ座り心地が違うなー、ふかふかふかふかふかー」

浜山さんは編集長の豪華チェアーに身を沈め、ゆらゆらと身体を揺らしています。

ちょっとした復讐《ふくしゅう》的な意味もあるのでしょうか。

とにかく解放感に浸りに浸っています。

そんな浜山さんを見つめながら、悩まし気にため息を吐《つ》く星井さん。

「本当に大丈夫かしら。気持ちはわかるけど、やるべきことはちゃんとやらないとダメよ。みんなもわかってる？」

星井さんの言葉に「ほーい」「へーい」と口々に返事をする先輩《せんぱい》方。

浜山《はまやま》さんも自分のデスクに戻り、仕事を再開。

岩佐《いわさ》さんはどなたかと電話中、井端《いばた》さんは資料を熟読。

他の方々もそれぞれ大人しく仕事をしているようですが……。

どうしても流れる開放的なムード。

ほんのちょっと編集部が南に移動して南国に近づいたかのような、なんだかそんなムードが漂ってしまうのです……。

そしてそのムードは明らかに私にも蔓延。なんだか眠気が……。

私はあくびを嚙《か》み殺します。普段こんなタイミングであくびをしようものなら、死を覚悟したものですが。

やはり、日々の緊張感の反動が……。

これはいけません。気合を入れ直さないと。

他の方々は大丈夫でしょうか?

「ちょっと打ち合わせに行ってきます」

岩佐さんは壁に掛けられたホワイトボードに〝打ち合わせ・神保町《じんぼうちょう》〟と記入。

ギギギ文庫では打ち合わせ等の外出時には、この行動予定表に出先と時間の予定を記入することになっています。

岩佐さんはキリリとした表情に戻っています。まったく油断を感じさせません。

「あー、私も打ち合わせなんよ。行ってきまーす」

続いて井端さんも打ち合わせに出かけてしまいました。同じくキリリとした表情。

みなさん、気は緩んでいるものの、やはりこなすべきことはこなしているようです。

そもそも仕事は編集長に叱られるからやるものではありません。自発的に動いてこそ真の社会人なのです。

私も頑張らないと……。

◆

気合を入れ直して仕事に取り組むこと二時間。

打ち合わせに出ていた岩佐さんが戻って来ました。

「戻りましたー」

なんだか、ちょっと違った印象……。なんとなく、いつもよりまして可愛くなっている気が。プレッシャーから解放されて、生気が蘇ったというか……。

違います。明らかに髪がさっぱりしています。しかもちゃんとセットされていて。

これは……。

「岩佐さん……美容院行きました？」

「ん？　なんで？　打ち合わせに行ってきただけだよ」

岩佐《いわさ》さんはしれっと言い放ちます。

なんのことかまったく理解できないといった態度。

「いや、明らかに髪型が、すっごく可愛くなってるんですけど」

「本当!?　ありがとうっ！」

岩佐さんの目がキラーンと輝きます。

照れながらも、髪をかき上げ、しっかりとアピール。くるっと回って三百六十度しっかりと見せてくれます。褒《ほ》められて、めちゃくちゃ嬉《うれ》しそうです！

「明らかに行ってるじゃないですか！　打ち合わせだって言ってたのに」

私は当然の指摘《してき》をしているつもりなのですが、不満げに口を尖《とが》らせる岩佐さん。

「そうとは限らないね……打ち合わせかもしれないじゃん。美容師さんと」

「なんで美容師さんと打ち合わせ入れてるんですか！」

よくよく考えてみると、先ほどの電話も美容院に予約を入れていたとしか思えません。

あんなにキリッとした表情で……。

「どうして私が美容師もののラノベの企画を抱えてないと言い切れる？」

なおも言い張る岩佐さん。

そもそも美容師もののラノベって、見たことがないですけど……。もちろんないからこそ作るという考え方もあるとは思いますが。

「それは言い切れないですけど……、だとしても髪を切る必要は」

「もう、川の字、真面目《まじめ》すぎ。真面目すぎるとね、死ぬよ」

岩佐さんがちょっとうんざりした様子で言います。

「だから死にはしないですって」

「死にはしなくとも、真面目すぎると、伸びるよ、髪が」

「それは誰でも伸びますよ」

「だからぁ、真面目に仕事してたから、忙しくて美容院に行く暇《ひま》がなかったの！　川の字も行っておいたら？　次こんなチャンスはいつ来るかわかんないよ」

「私はいいです」

要するに岩佐さんはずっと美容院に行けてなかっただけなのです。たしかに私もなかなか美容院に行く暇は作れませんが、私は編集部で一番の新人、勤務時間中に髪を切りに行く度胸はまだありません。

「川の字は本当に真面目だね。ウチは編集長がうるさいけど、本来は編集者って結果だけだせばOKの世界でしょ。自由な職場っていうか、ねえ星井《ほしい》姉さん」

岩佐さんは同意を求めて、臨時のボスである星井さんに話を振ります。

「うーん。そうねえ。今回だけ特別ね。基本的にはダメかな。せめて見つからないようにしないと。さすがに勤務時間中に美容院はねえ。締めるところは締めないとダメよ」

と言っている星井《ほしい》さんの顔には白いシートが張り付いています。

これはぷるぷるしっとり肌マスク！　コラーゲン入りで乾燥による小じわが目立たなくなると評判のパックです。

なんと星井さんはパックをしながら後輩《こうはい》をたしなめていました！

締めるところとはお肌を引き締めるということなのでしょうか？

とにかく美容院はダメでもパックはセーフ、それが星井さんの基準のようです。

たしかにパックしながらでもメールもできますし、電話も出れます。まあなんとなくわかる気がしないでもないですが……。

そんな疑問を抱えつつ、弛緩しきった雰囲気《ふんいき》の編集部で仕事をすること三十分。

井端《いばた》さんも戻ってきました。

「戻ったんよー」

井端さんは出かけた時とまるっきり衣装が変わっていました。某人気声優さんのグッズTシャツ姿。

片手にはサイリウム、片手にはおそらくその他、各種グッズの詰まった紙袋。

首からグッズタオルをかけ、額には冬にもかかわらずうっすらと汗がにじんでいます。

――アウトォー！

私は心の中で叫びます。

「あの……井端さん、打ち合わせは?」

私は平然と私の左隣、自分の席へと戻る井端さんにおそるおそる尋ねます。

さすがにここまで露骨だと聞かざるを得ません。

「打ち合わせ? ああー、楽しかったんよー。盛り上がったんよねえ。今回はミニライ……じゃなくてミニ打ち合わせだったんだけど、熱気は凄かったンゴねえ。本当にイチかバチか打ち合わせに応募ハガキ出しておいて良かったんよ」

打ち合わせをハガキで応募するケースはありません。

言い間違いではなく、確実にミニライブに参加してきたのでしょう。

打ち合わせでは絶対に出せない充実した笑顔と汗がそれを物語っています。ここ中学館《ちゅうがくかん》は秋葉原《あきはばら》までわずか数キロ。電車で数分です。おそらく秋葉原ではしゃいだに違いありません。

「イバっちさあ、隠す気ゼロだね」

美容院帰りの岩佐《いわさ》さんもさすがに呆《あき》れています。

「隠さないんよ。逆にこの打ち合わせの熱をみんなに伝えたいんよ!」

なぜかキラキラと目を輝かせる井端さん。

打ち合わせというよりはなにかしらのコールを一方的に打っただけの気がしますが……。

さすがにこれはやりすぎのような気がします。

編集長の不在による解放感でちょっぴりタガが緩んでしまった。

それだけではもはや言い訳できないレベルのような。

「井端《いばた》ちゃん。それはダメよ。節度を持ってくれないと。今回は見なかったことにするけど。今後は気をつけて」

やはり星井《ほしい》さんも同意見のようで、岩佐《いわさ》さんの時より厳しい口調でたしなめますが……。

たしなめている星井さんの視界は近未来的なゴーグルのようなもので覆われています。

あれは目元エステ！

スチームと温熱、そしてマッサージ機能の三つの効果でリラックスと同時に眼尻の皺を解消する優れもの目元マッサージャーです。

見なかったことにするどころか、本当に見えていません！

「えへへ、もうしないんよ。ごめんね、星井さん」

「私はね。編集長とは違って、そんなにうるさく言うつもりはないの。ちゃんとやることやっていればOKなタイプだから。でもね、立場上、目についちゃうと注意しなければいけないから……」

星井さんはそう井端さんを諭《さと》していますが、その間に浜山《はまやま》さんがホワイトボードに向かっています。

枕を抱えたまま、ホワイトボードに打ち合わせと書き込む浜山さん。

露骨に寝るつもりです！

しかも浜山さんの後ろには栄吉《えいきち》さんの姿も。まっしぐらに扉に向かい、編集部から逃げ出そうとしています。野生の本能が今日は逃げていい日だと告げているのでしょう。

星井さんは目元マッサージャーのせいで見逃しまくっています。

「星井さん、もう少し目につくようにしてください！　プレーリードッグと人間一名が逃げようとしていますよ！」

私は栄吉さんを捕獲しながら、ついついご注進してしまいます。

「ワヌー！　ワヌワヌ！」

栄吉さんが猛烈に抗議している……ような気もしますが、よくわかりません。あとでひまわりの種でもあげましょう。

「あら、もうダメ！　浜ちゃんも栄吉さんも大人しくしなさい。今日はもう打ち合わせは禁止にするわ。栄吉さんも逃げちゃダメ」

ようやく目元マッサージャーを外した星井さんが、打ち合わせ禁止令を発します。

しょんぼりしながら、自分の席に戻る浜山さん。

なんだか恨《うら》みを買ってしまった気もしますが、浜山さんは根に持つタイプではありませんし、栄吉さんにはそのような感情があるのかわかりません。たぶんなにごともないでしょう。

「そんなに悲しそうにしないで。編集長がいないのに、いつも通りじゃ寂しいのはわかるから。そうね……、編集部から出なければ、大体のことは仕事として大目に見るわね。それに仕事終わったらご飯に行きましょう。経費で。そうね、焼山なんてどうかしら？」

星井《ほしい》さんがそう言うと、編集部に歓声が沸きます。

焼山とは焼肉山景苑《さんけいえん》の略です。とても美味《おい》しい焼肉屋さんで作家さんや関係者の方の接待の場として定番ですが、美味しいだけにお値段もなかなか……。

編集部のメンバーのみでの焼山、これは異常事態です。

なぜなら我々にとって焼山は経費で行くお店だからです。

もちろん編集部員のみの食事は経費と認められません。経費として落とすにはなにかしら理由が必要です。しかしそこは星井さん、きっと編集長が納得する理由を作り出してくれることでしょう。

「さすが星井さん、編集長とは違うんよね」

「ふふふ、そうでしょう。こう見えて、昔は領収書の魔術師《パッデイング・マジシャン》と呼ばれたものよ」

ほくそ笑む星井さん。ぷるぷるしっとり肌パックの効果のせいか、いつもより、一層怪しく輝きを放っています。

領収書の魔術師、あまり羨ましくないふたつ名ですが……。

とにかく星井さんからしたら、経費で焼肉を食べさせて編集部員を手懐《てなず》けることができれば、安いものなのでしょう。

「よーし、そうとなったら、仕事するンゴよ」

井端《いばた》さんはそう言うと、ＤＶＤを取り出し、パソコンで再生します。

その表情は真剣そのもの。

モニターに映し出されたのは……。

今季放送されているアニメです。

人気急上昇中の作品ですが、とくにギギギ文庫とは関係のない作品。おそらく井端さんが日々、録画しておいて、まだ観れていないアニメです。

「井端さん、仕事をするんじゃ……」

私はまたしても生真面目《きまじめ》さを発揮してしまいます。

「仕事なんよ。いまの流行を抑えることも大事なんよ！　星井さん、アニメ鑑賞は仕事に入りますか？」

井端さんはまっすぐ手を上げて、学校の先生に質問するかのようなスタイルで星井さんに尋ねます。

「うーん。そうねえ……。特別によしとしましょう」

星井さんは大目に見ると言った言葉通り、大甘の裁定をくだします。

その直後、すかさず挙手する岩佐《いわさ》さん。

「星井姉さん、サッカー中継を観るのは？」

「よしとしましょう！」

なんとサッカー観戦も！　たしかにアニメ鑑賞がありなら、サッカーの試合を観るのもありな気もしますが……。

「おーい、星井《ほしい》さーん、寝っ転がるのはー？」

「……意識を失わなければよしとしましょう」

浜山《はまやま》さんの案も許可！

甘いです！　そんな職場があっていいのでしょうか！

これも編集部員を手懐《てなず》ける手のひとつなのでしょうが……。

「ふふふ、川田《かわた》ちゃんもちょっとは肩の力抜いてもいいのよ。私もこう見えて、昔は帳尻合わせの女神《タイトロープ・エロス》と呼ばれたものよ」

またしても変なふたつ名です！

なぜ星井さんが誇らしげなのかさっぱり理解できません。

とにかく次々と仕事の範疇《はんちゅう》が広げられ、星井政権下で仕事と認められたのは……。

アニメ鑑賞　最新のアニメを知ることは編集者の仕事とする。
バラエティ番組鑑賞　編集者は笑いのセンスを養うことも必要。編集者の仕事とする。
スポーツ観戦　スポ魂系のラノベが流行るかもしれない。編集者の仕事とする。

ゲーム　編集者の仕事とする。ただしゲームは一日一時間までとする。
サバゲー　社内ならセーフとする。ただしゴーグルは着用のこと。
おやつ　カロリー摂取は大事な仕事。五百円までとする。
バナナ　おやつとする。

このようなこととなりました。

ゆるゆるとしか言いようがありません。

逆に遊びと見なされる行為がなんなのか知りたいくらいです。もうドッジボールとかしても大丈夫なんじゃないかと思います。

さっそく仕事に取り掛かるギギギ文庫の編集部員たち。

「ふー、極楽だねー」

「本当なんよ。私が働きたかった理想の職場なんよね」

床に寝転んで、ゆったりとアニメ鑑賞中の井端《いばた》さんと浜山さん。そして、その傍《かたわ》らにはポテトチップス。

さぞ理想なことでしょう。ただし、これが仕事だとしたらの話ですが……。

星井さんは星井さんで栄吉《えいきち》さんに餌《えさ》を与えて、お座りを教えていますし……。

残念ながら、これはもはや職場ではなく家です。ただ家でそれぞれの形でリラックスしている女子たちです。

羨ましくもありますが、見習うわけにはいきません。私はやるべき仕事が残っているのです。アニメ鑑賞をする余裕がありません。

私が取り掛かるべき仕事はプロットのチェック。目を通してすぐにお返事しなければいけないプロットがあるのです。あるのですが……。

なかなか集中できません。

右隣の岩佐《いわさ》さんも、「そこだ！　いけー！」と大声を出してサッカー中継を観ていますし……。

やりづらいです！

それでもやらないと。こんな時に限ってプロットは大変な力作のパターン。もう普通に一冊書き上げた方が早いのではと思うほど綿密に書かれています。

しかもタイムリープもの、なかなか構成が難解です。

「浜山《はまやま》さん、ここのシーン最高なんよ。もう一回観るんよ」

「ほほーう。ブルンブルンだねー」

なんとか意識をプロットに集中しないと……。

「お座りっ」

「ワヌッ！」

集中を……。

「勝利を信じて、叫び、飛び跳ねろー、ららら―、らー、ららら―」

パソコンのモニターに向かって、全力で応援する岩佐さん。

なんだか編集長の帰還がちょっとだけ待ち遠しくなってきました！

まさかあの恐怖による支配を望む気持ちが芽生《めば》えるとは……。

「やっぱり、このシーン最高なんよ」

「あー、八回目だけどやっぱりブルンブルンだねー、うーん、美味《うま》い、美味い」

……なぜ八回も。そして浜山さんはポテチ食べ過ぎです。サービスシーンを見ながらふた袋目に。サービスシーンで食欲が湧《わ》く人なのでしょうか。

「お座り」

「ワヌッ！」

「うふふ、エラいわよ。はい、ピーナッツ、お手！」

「ワヌッ！」

「よくできました。じゃあ、次、編集長の首筋嚙《か》みつき！」

「ワヌッ、キシャー―！」

星井《ほしい》さん、なにを仕込んでいるんですか！

――ブワー、ブブブブー、プワー、ブブブブー。

ブブゼラ!?　岩佐さん！　編集部でブブゼラを吹くのはやめてください！

とにかく集中できません！

なんでしょうか、この人たちは！　集中力を乱す達人でしょうか？

プロットの内容が読んだ分以上に抜け出ていっている気がします。

えーと、ヴェンデルヴェルトはどんなキャラでしたっけ、たしかシュテフェンの仇敵で、かつては友人でしたっけ……。

よりによって、人名がドイツ語ベース。この環境では難易度が高すぎます！

——編集長！　早く戻ってください！　台湾に行ってる場合じゃないですよ！

と、心の中で叫んでも、編集長は来週まで戻って来ません。

こうなったらイメージの力でカバーするしかありません。

編集長がいると思い込むことにします。

いまは誰もいない編集長の席、そこに座るあの幼女の姿をイメージ……。

想像するだけでも身が引き締まります。

この引き締まった気持ちを持って、一気にプロットに取り掛かります。

◆

なんと、集中できました！

プロットに没頭すること二時間。

ようやく読み終わり、感想と自分なりの改善案をメールで送ります。

遊び疲れたのかリラックスモードも終了したのか、気がつくと編集部は静かになっています。

それぞれ自分の席につき、いつも通りのお仕事風景に。

私はこれでお仕事終了なのですが他のみなさんは……。

「あれ？　仕事終わんないな」

岩佐《いわさ》さんが珍しく焦っています。

「うーん、終わんないよー。不思議だー。仕事増えてないー？」

浜山《はまやま》さんももちろん終わっていない様子。

不思議でもなんでもありません。やっていない仕事が終わるはずがないのですから。

「ほらほら、早くしないと焼山の営業時間に間に合わないわよ」

驚くことに星井《ほしい》さんはすでに仕事を終えています。

さすがは帳尻合わせの女神《タイトロープ・エロス》。

「えー、そんなー。もうお腹ペコペ……あれー不思議とお腹《なか》も空《す》いてない？　あたしどうしたのかなー？」

浜山さんのお腹が空いていないこともまったく不思議ではありません。

アニメを観ながらポテトチップスを三袋も食べていましたから。

ついに全員が無言になり、聞こえるのはキーボードを叩く音だけに。

岩佐《いわさ》さんのモニターを見つめる目もなんだか殺気立っています。むしろ普段よりも殺伐《さつばつ》とした雰囲気《ふんいき》。

◆

その日、結局、我々はいつも以上の残業をこなし、ついに焼山へと向かいました。

接待なしの焼山。

それは素晴らしい体験でした。

厚切りタン塩、和牛ユッケ、そして極上の薄切りサーロインをさっと炙っておろしポン酢でいただく、焼しゃぶ。……こんなに美味《おい》しかったなんて。

当然ながら接待で食べていたものと同じお肉です。しかし接待は接待。のんびり味わっている暇《ひま》などありません。

自分のために焼き、焼き立てを自分の皿に置く幸せ。

そして、なにより緊張感からの解放が最高のタレとなったのです。

本当に素晴らしい体験でした……。

残念ながら素晴らしい体験には素晴らしい金額の領収書がついてきます。

みなさん解放感からテンションが上がって、かなりの金額になってしまった模様です。

そして、清算の時がやってきました。

星井《ほしい》さんが、出張から戻ったばかりの編集長に素晴らしい領収書を提出しています。

「星井、なにこれ？」

領収書に提示された金額を見て、鬼の形相《ぎょうそう》で星井さんを睨《にら》む編集長。

「はい、実はですね……」

星井さんはなぜその日、焼山に行く必要があったのか、すらすらと説明します。淀《よど》みなく、実に理論的に。そしてギリギリ虚偽の申請にならないように。

どうやら領収書の魔術師《バッディング・マジシャン》が発動したようです。

怪しく艶めかしい輝きを放つ星井さんの唇。

その唇は休むことなく言葉を紡ぎ続けます。

いわばおそろしく長文の領収書の但し書き。

常人であれば「もう、わかったよ」と音を上げてしまうところですが……。

革張りのチェアーの中の編集長は鋭い眼光《がんこう》を星井さんに向け続けています。

星井さんの領収書の説明は生命の誕生から、万物が流転すること、そしてＡＩによるシンギュラリティへと及び、ついに終了しました。

大演説を聞き終えた編集長がもう一度領収書に目を落としました。

「ふーん、なるほど……。でもそんなの知らないね！　その領収書をぶち壊す！」

――領収書殺し《レシート・ブレイカー》発動！

編集長は問答無用で領収書を破り捨て、物理的に破壊！　まさに問答無用です。

「そんな……私の……領収書の魔術師《バッディング・マジシャン》が敗れるなんて……」

領収書殺しの直撃を受けた星井《ほしい》さん。ふらふらとした足取りで自分の席へと戻ります。

「あの、星井姉さん、割り勘でも……」

その姿を見かねてか、向かいの席の岩佐《いわさ》さんが提案しますが……。

「ふふ……大丈夫よ。これは投資……次期……編集長のための。ふふ、ふふふふ」

その日、星井さんはずっと乾いた笑いを漏《も》らし続けたのでした。

8

「川田、ギ報の担当やって」

あれは一週間前のことでした。

いつもと変わらぬギギギ文庫編集部の午後。

みなさんそれぞれ仕事に追われています。

「ちょっと川田《かわた》、川田、来てー」

幼女が私を呼んでいます。通常であればテントウムシでも見つけたのかな、と思うところですが、あの幼女は編集長です。

なにかやってしまったか？　私は過失がないか、自問自答しながら、編集長の元へと向かいました。

「川田、ギ報の担当やって」

編集長の指令はいつも突然です。「お母さんお腹空《なかす》いたー」くらいの軽いノリで仕事をひとつ増やされてしまいました。

ギ報とはギギギ文庫に折り込まれている、宣伝のためのチラシです。

一度でもギギギ文庫を買ったことがある方ならイメージができると思いますが、八つ折りにした一枚の紙に両面印刷。表面にその月に発売されている作品の紹介、裏面は来月以降の作品の宣伝、新人賞の情報、作家さんのアンケートコーナー、プッシュしている作品の特集コーナーなどが掲載されています。

これまでは浜山《はまやま》さんが担当していましたが、浜山さんは担当作品のアニメ企画が佳境《かきょう》を迎え、ここのところお忙しそうです。

現状、担当作が一番少ないのは新人である私。

私が担当するのは自然な流れではあります。

「わからないことは、浜山に聞いて。ちゃんと引き継ぎして。ギ報を笑うものはギ報に泣くからね。ヘマしたら泣いても許さないし」

編集長に言われるまでもなく、別にギ報を笑うつもりはまったくありません。

他のレーベルの折り込みチラシに比べて、ギ報は情報量が多い構成。作業にもかなりの時間がとられそうです。

私は早速、ギ報の作り方のレクチャーを受けるべく浜山さんの元へと向かいます。

「やったー！　うれしー！　うぉー！」

浜山さんはギ報の担当が私になったことを告げると、ぴょんぴょんと跳ね回りながら、両手を高々と突き上げました。

普段、のんびり、ぽんやりした浜山さんのこんな活発な姿が見られるなんて……。

もしかしたら、とっても辛い業務なのでしょうか……。

「あのね、えーとねー、ギ報はね」

しかも浜山さんは積極的にギ報の作り方をレクチャーしてくれました。こんなに能動的な浜山さんははじめてのことでした。

正直、悪い予感しかしません。

そして、私の悪い予感は的中することになるのですが……。

いま思えば、その時の悪い想定は、まだ甘かったのです。

まず私が取り掛かったのは、今月のギ報でどの作品をピックアップするかの選定です。

今月発売の作品の中でイチ押しする作品といえばやはり『夜空の交わる森の果て』、こちらは未発表ではありますが、アニメ化を控えた作品。まさにこの作品のアニメ化によって浜山《はまやま》さんが手一杯になっているのです。

それはさておき、今から継続的にプッシュして知名度を高めつつ、アニメ化の発表で一気に人気を爆発させたいところです。

作品内容はライトノベルには珍しいミステリ風の復讐譚《ふくしゆうたん》。しかしこのライトノベルとしては珍しいことがギギギ文庫らしいともいえます。

プッシュする作品を決めたら、さっそくラフの作成に取り掛かります。

ラフとはデザイナーさんに渡す依頼書的な役割の書類のことです。

ここにはこんな文字が入って、ここにはこんなイラストが入りますと、レイアウトを作っていくのです。

今月の刊行点数は七作品。表面は今月発売の作品の紹介ですが、『夜空の交わる森の果て』のみ二面使用し、他作品は一面ずつ。これで八つ折りの八面が埋まります。

そして二面縦にぶち抜いた『夜空の交わる森の果て』のカットに合わせて、今月のキャッチコピーを入れます。

今回私が考えたのは……。

――冬空に煌《きらめ》くギギギ文庫の北斗七星《ほくとしちせい》！

キャッチコピーは季節感と、背景となるカットとの調和が大切です。口絵のひとつを使っているのですが、夜空とうっそうとした森が印象的なカットです。今月の刊行点数の七とかけて冬の北斗七星をイメージして考えてみました。

無難《ぶなん》といえば無難ですが、異論が出るようなものではないはずです。

裏面の特集記事も当然『夜空の交わる森の果て』でしょう。他の作品に申し訳ない気もしますが、アニメ化とはそれほど重大なことなのです。

ミステリ作品ですのでやはりメインは謎《なぞ》。

ここも謎と作品の点数をかけて、七不思議として、作品のカギとなるポイントを七つまとめ、七不思議を作ります。真犯人は？　残されたメッセージの真意とは？　そのような形で七つ。

デザインもミステリっぽさを出して……。

当然ながら通常のお仕事も減ったわけではありません。スケジュールの合間を縫《ぬ》って、ギ報のラフを進めます。

これはなかなか大変。いつもボンヤリしている浜山さんがこれをこなしていたなんて。

ちょっと浜山《はまやま》さんに尊敬の気持ちが芽生《めば》えます。やはりやるときはやる方なのです。

ちょこちょこと作業を進めること一週間。

ギ報のラフが出来上がりました。

あとは編集長に確認してもらってOKをもらえれば、デザイナーさんに実際に発注です。

引《ひ》き継《つ》いだ初回とあって、自分でもちょっと恥ずかしいくらい無難《ぶなん》な出来。

褒《ほ》められることはないでしょうが、これがダメということもないはずです。

そのはずだったのですが……。

「川田《かわた》、あんた、なにやってんの？」

編集長はぞっとするほど、冷たい視線を私に投げかけます。

「どういうことですか？」

「聞いてないの？　『夜空の交わる森の果て』、原稿落ちたよ」

真冬にもかかわらず、私の背中を伝う冷たい汗。

そんな……。

この時点でこのラフは完全に意味のないものになってしまいました。

なぜ浜山さんはそのことを教えてくれなかったのでしょうか……。

「浜山さんっ！　浜山さんはどこですか？」

席に浜山さんの姿がありません。

私は浜山さんを捜索すべくフロアのローラー作戦を開始します。

「んー、むにゃぁー、あれ、川っちょ、おはよう」

浜山さんは使っていない会議室の床に段ボールを敷いて寝ていました。

「浜山さん。なんで言ってくれなかったんですかっ！」

「あー？　ごめーん。言ってなかったっけ、ここ、寝心地最高だよー。川っちょもどうぞー」

「そんなことを言ってほしかったんじゃないですっ！　『夜空の交わる森の果て』、落ちたんですよね？」

「そっちかー、一昨日《おととい》、連絡あって、一か月延期してーって」

……二日前ですか。

すでにラフは進めてしまっていましたが、それでも被害はちょっとだけ減らせたはずです。しかし、先輩《せんぱい》をあまり責めるのは良くないことです。誰にでもミスはありますし、それに浜山さんが悪くて延期になったわけでもありません……。

ただ一週間前に芽生えた浜山さんへの尊敬の気持ちは早くもしおれました。

「ギ報のラフ、書いちゃいましたよ。次から教えてくださいね……」

私はそれだけ伝えるとトボトボと自分の席に戻ります。

さてどうしましょうか……。

——冬空に煌《きらめ》くギギギ文庫の北斗七星《ほくとしちせい》！

は中止です。なにせ星がひとつ超新星爆発《ちょうしんせい》して消滅してしまったのですから。

北斗六星？　そもそも夜空をイメージしたのは『夜空の交わる森の果て』があってのこと。
六、なにがあるでしょうか？　六波羅探題《ろくはらたんだい》？　ギギギ文庫、冬の六波羅探題……。まったく意味がわかりません。六本木？　ギギギ文庫のギロッポン？　もはやなにを言っているのか理解不能です。五臓六腑《ごぞうろっぷ》に染み渡る……、五なのやら六なのやら……。
ダメです。全然思いつきません……。

七なら完璧《かんぺき》だったのに。六は苦手です……。

五なら思いつくのに、ギギギ文庫の五つ星作品！　これで決まりなのに。

どうせならもうひとつ落ちてしまえば……。

私は編集者としてあるまじき邪心《じゃしん》を抱いてしまいます。

「おーい、川の字〜」

そんな邪《よこしま》な心を持つ私を呼ぶ声。

岩佐《いわさ》さんです。

「どうしました？　原稿が落ちましたか？」

「落ちてないけど。なんでそんな嬉《うれ》しそうなの？」

怪訝《けげん》そうな顔をする岩佐さん。

「い、いいえ、全然嬉しそうではないです。決して。なんでしょうか？」

「大したことじゃなくて、そろそろ帰ろうと思うんだけど、川の字も帰れるんだったら、一緒に出てご飯でもって思ってさ」

岩佐さんはすでに肩からカバンをかけています。どうやらすでにお仕事は終了のご様子。

一緒にご飯。素敵なご提案ですが……。

「残念ながら……」

私はこれから、ギ報のラフの修正作業と決まっております。

「ああ、そう。じゃあ、お疲れ様でーす」

手を振り、岩佐さんを見送りつつ、脳内では数字の六が掛けめぐっています。

午前一時。

六甲《ろっこう》おろし、六大学、六道《りくどう》、六法全書、ろくろ首。

ここまで考えて、私は六を諦めました。

ないです！　六と上手《うま》くかかる冬の言葉など、はじめから存在しなかったのです。

ここは次善の策に変更です。

今回のギ報は一月刊用、ならばお正月的な方向性で。発売日のことを考えるとちょっとズレちゃってますけど。

——ギギギ文庫からの六つのお年玉！

なんとなくそれっぽいです。

となれば、お正月っぽいイメージの作品を二面使って告知することに……。

強《し》いて言えば、ミスターあとがき、原西《はらにし》さんの『田舎暮《いなか》らし』でしょうか。あとがきを書く前には、そろそろ潮時《しおどき》とまで言われていた原西さん。スルスルと今月のイチ押しにまでポジションを上昇させました。なんという悪運の強さ……。

ライトノベル作家として成功するには運の要素も必要と言われますが、この方はその方面ばっかり強い気が……。その運を活かしてもらうためにも今後、もっと尻《しり》を叩かないといけません。

当然、裏面の特集記事も変更です。

あまり時間はありません。やはりここも、私の担当作品である『田舎暮らし』でまとめるしかないのです。

田舎暮らしの六不思議。全然ダメです。

そもそも不思議と全然関係ない日常系の作品。無理があります。六不思議も変ですし。

うーん、どうしたら……。

「うーん、どうしたのー?」

私の思考を読み取ったかのような発言をしたのは浜山《はまやま》さんでした。ちなみに「うーん」は伸びをしたときの声でした。

「浜山さんこそ、どうしたんですか、その格好は！」

なんと浜山さんはお風呂上がりスタイルでした。頭にバスタオルを巻き、しっかりとパジャマ姿に着替えています。

やわらかいタオル地のパジャマ……。下着も完全に外しているご様子。

浜山さん、ここは編集部なのですが……。

「あれー、川っちょ知らない？　神田湯《かんだゆ》のこと」

浜山さんの言う神田湯とは、この近辺にある二十四時間営業のスーパー銭湯のことです。

もちろん存在は知っていますが……。

会社でパジャマになる方の存在を知らなかったのです。

「浜山さん、銭湯からそのスタイルで帰って来たのですか？」

「そうだよー。知ってるー？　パジャマにねえー着替えるのと着替えないんじゃー、疲れの取れ具合が全然違うんだよー」

それは知っているのです。

頭にタオルを巻いたノーブラパジャマ姿で街を闊歩《かっぽ》する方を知らないだけなのです。

「浜山さんは編集部に泊まるのがお好きなのですか？」

「んー、好きっていうかー、慣れちゃってるんだよねー」

浜山さんは私と話しながらも、浜山さんお気に入りの睡眠スポットである編集部の一番奥、本棚の麓《ふもと》に段ボールを敷き、普段はひざ掛けに使っているブランケットを毛布代わりに設置。

そして、抱き枕まで。あれは浜山《はまやま》さん担当のアニメ化作品のグッズ……。

まさに慣れているという表現がぴったりの淀《よど》みない所作《しょさ》。

「慣れているって言っても、さすがに自分の家のほうが身体も休まるんじゃないですか、ずっと編集部じゃ、リフレッシュもできないですし」

「そうかなー。そんなに変わんないよー」

浜山さんは冷蔵庫からハイボールを取り出し、枕元には別編集部から持ってきた漫画《まんが》を積み上げます。

——本当にそんなに変わらない状態です！

グッと寄って写真を撮って見せられたら、これが浜山さんの部屋なんだと言われても信じられるクオリティです。

それにしてもこの習熟度……。

「なぜ、浜山さんはこのスタイルになってしまったんですか？」

ここまでのスタイルを確立するには相当の時間がかかったはず。

なにが浜山さんをこうさせたのか、がぜん興味が湧《わ》いてきました。

「んー、あたしもねー、昔はもうちょっと、真面目《まじめ》に頑張ってたんだよー。ちょっと川っちょに似てたかなあー」

浜山さんが私に似ていたのですか。

……正直あんまりいい気持ちはしません。

将来、浜山《はまやま》さんと枕を並べて段ボールの上で眠る日々が想像されてなんだか怖《こわ》いのです。

しかし私のそんな気持ちに気づくことなく浜山さんは話を続けます。

「あたしのほぼ同期でー、山郷《やまさと》さんていう人がいてさー。その人が仕事ができる人でさー。もう、スピードも、仕事量もあたしと全然違うんだよねー、頭の回転も速くてー、かっこいい眼鏡《めがね》もかけてたしー」

眼鏡の格好良さは知りませんが、その先輩《せんぱい》の名前は聞いたことがあります。

現在まで続く長期シリーズの何本かを立ち上げた人だとか……。

「あたしはー真面目《まじめ》にやってるのにー編集長に怒られてばっかりでねー。いっつもその山郷さんと比べて、山郷はできてるのにとかー、山郷は半分の時間でやるとかー、山郷はかっこいい眼鏡をかけてるとかー」

おそらく眼鏡の下りは捏造《ねつぞう》、もしくは浜山さんの記憶違いでしょう。

しかし、できる同期と比べて叱咤《しった》する。いかにも編集長がやりそうなことです。

「それでもねー、自分なりに精一杯《せいいっぱい》頑張ってー、毎日、毎日、徹夜でー、徹夜でやっても怒られてー、また徹夜してー、そんなことしているうちに身体を壊《こわ》しちゃったんだよねー」

「身体を悪くしてしまったんですか……。それは……」

思ったよりヘビーなお話。

いつの間にか浜山さんのハイボールがひと缶空きました。

すかさず、もう一本開ける浜山さん。開けたてのハイボールを口へと運びます。

ぷはぁーとひと息ついて、お話を続けます。

「そう、身体を壊したんだよー。山郷さんが」

山郷さんがですか!?　まさかの展開！

ずっと徹夜していた浜山さんが無事で、仕事ができる方が壊すとは……。なんというか浜山さんの体力がすごいです。

「仕事ができる人でやっていくためにー、無理してたんだろーね。それでね、山郷さんは結局辞めちゃったの。編集者ももうしてないみたいだよー」

「そうですか……」

編集者はギギギ文庫に限らず離職率の高い職場だと聞きます。きっと無理をして身体を壊す人も少なくないのでしょう。これは他人ごとではありません。

「それでねー。あたしも無理するのやめよーと思ってー、ゆっくりやることにしたんだよねー。マイペース、マイペース。そーしたら、結局、会社に泊まってばっかりなんだけどねー」

「そういうことだったんですね」

「川っちょもさー、あんまり良いとこ見せようとしすぎないようにしたほうがいいよー。マイペースで、長くのんびりやれば、良い作品といっぱい出会えるからねー」

浜山《はまやま》さんはそう言うと、恥ずかしそうに、えへへへと笑います。

なるほど、離職率の高い戦場のような編集部。

すぐに辞めてしまっては、結局、携《たずさ》われる作品の数は少なくなってしまいます。

たくさん良い作品を作るにはマイペースで。

浜山さんもまた、編集者として作品に対して情熱を持っているのですね……。

私の心の中で芽が出た瞬間しなびていた浜山さんへの尊敬の気持ちが、また少し息を吹き返しました。良いも悪いも、時間をかけて。

「そうですね。肝に銘じます」

「そーだよ。まー、家が遠くてメンドくさいって理由もあるんだけどねー」

ちょっと感動したあとで、その身もふたもない理由を追加するのはやめてください。

浜山さんはハイボールが回ってきたのか、ほんのりと頬《ほお》を上気させています。

「でも、浜山さん、慣れているとはいえ、段ボールで寝るのは身体に良いとは思えないので、ほどほどにしましょうね」

「そうかなー？　すっごい馴染《なじ》んでるよ？　そーそー、この段ボールはそのゆっくりやろうって決めた時のなんだよねー」

「ええっ、ずっと同じ段ボールなんですか！」

毎日別のものだと思っていました。

思い出を大事にすることは悪いことではありませんが、段ボールは定期的に交換したほうが……。よくよく見ると、なんだかじっとりしてますし。

「川っちょも私が使ってない時は使っていいよ？」

「いえ、お断りします」

せっかくの善意《ぜんい》ですが、これぱかりはお受けするわけにはいきません。私は私で段ボールを確保します。

「まー、川っちょもさー、頑張りすぎないでねーって話だよ。身体壊《こわ》すのは、編集あるあるだからねー」

浜山さんはそう言うと、完全にごろんと横になり、ブランケットにくるまってしまいました。本格的におやすみモードに入ったようです。

よく考えたら、ふたりきりで浜山さんとこんなに長く話したのははじめてのことです。

浜山さんの段ボール生活にも歴史があったのですね……。そして浜山さんの秘めた情熱も知ることができました。

私も浜山さんを見習って、少し仮眠を取るのもいいかもしれません。

もちろん神田湯《かんだゆ》に行ってリフレッシュしてから。

冷蔵庫にサワーもあった気がします。ひとついただいてしまいましょうか。

もちろん、それはギ報のラフを進めてからですが。

せめてどのような形に変えるかだけでもまとめておかないといけません。

これを終えずにリフレッシュすれば、編集長になにを言われるか……。この状態では心を休めることなど不可能です。

なんとか、明日までにラフを……。

あれ……？

よく考えたら、いまこんな状況になっているのはそもそも浜山《はまやま》さんのせいな気がします！

おのれ浜山さん。「頑張りすぎないでねー」って、だったら、発売日延期が決定した時点で教えてくれればいいじゃないですか。

残念ながら抗議《こうぎ》しようにも、浜山さんはすでにすやすやと寝息を立てています。

それに浜山さんだって、ワザとやったわけではありません。ここは気持ちを入れ替えてもうひと頑張りです！

今回の特集記事はどうするか？　そこで悩んでいたのでした。

私の担当作『田舎《いなか》暮らし』の特集。どんなものがいいでしょうか……？

必死に頭を働かせているつもりなのですが、眠気のせいで、まったくなにも浮かびません。

これでは私もかつての山郷《やまさと》さんのように、編集あるあるに……。

……そうです。あるあるです！

田舎あるあるにしましょう。

原西《はらにし》さんは元々かなりの田舎の出身だったはず。メールで田舎あるあるがないか聞いてみましょう。きっとおもしろい情報を教えてくれるはずです。

これでアイデアとしてはほぼまとまりました。

急ぎ、田舎あるあるのコーナーのラフに取り掛かります。

あるあるを五つほど用意して、笑いを誘いつつ、その流れでキャラクターの紹介に持っていく流れで……。

「無理しないでー……マイペース……むにゃ……」

浜山さんが声をかけてくれたのかと思いましたが、浜山さんは熟睡中。案の定、寝相は悪く、ブランケットをはねのけてしまっています。

どうやら寝言のようです。寝てるのにペースもなにもないと思うのですが……。

それにしても浜山さんから聞いた話で助けられました。なによりギ報の企画のヒントだけでなく、長く続けることの大切さを教わりました。

やはり先輩《せんぱい》の話は聞いてみるものです。

私は感謝の意味を込めて、そっとブランケットを直してあげるのでした。

桃香のライトノベル用語解説

【諸般の事情】

川田「ライトノベルの発売延期の理由といえば『諸般の事情』です。実際には作家さんの原稿が間に合わない。メディアミックスの発表に合わせて発売時期をずらす、イラストレーターさんがコミケに集中している。編集者の連絡ミス。作家の逃亡。など、様々な理由があります」

編集長「売れてないくせに、原稿を落とす作家は私にどうして欲しいのかな？」

9

「クビを切って、声帯を引きずり出し、弱火でコトコト煮込む！」

ギギギ文庫編集部の打ち合わせブース。

「すみません、あの、すみません」

私の対面に座る権藤健太《ごんどうけんた》さんは私の前でただただ頭を下げるばかりです。元・〇〇たま三郎さんです。結局ペンネームはいいのが思いつかず、本名でデビューすることとなりました。

今日はびしょ濡《ぬ》れではありません。

茶色のチノパンにグレーのセーター。壁と一体化しそうな非常に地味な青年です。

それはさておき、問題は権藤さんが頭を下げている理由です。

デビューに向けての改稿作業がほとんど進んでいないのです。デビュー作の改稿は比較的スケジュールに余裕があるようになってますが、それでもほとんど進んでいないのはちょっと問題があります。

「お忙しかったんですか？」

私は過剰なプレッシャーを与えないようになるべく優《やさ》しく尋ねます。

「いえ、そういうわけでも」

権藤さんはずっと下を向いたまま。私と目を合わさずに話します。テーブルになにか書いてあるかのようです。

権藤さんは引きこもりがちな方で、お仕事もたまに派遣の軽作業に出かける程度。基本的には忙しいことはないはずなのですが……。

最近は進行確認の電話をしても、ほぼ電話には出てくれず、折り返しの電話も数日後になることがままあります。

私と話すのもストレスになっているご様子。嫌われているみたいで、ちょっぴり寂しい気持ちになってしまいます。

「では、どうして？　どこか難しいところがあるのであれば、相談してください」

「難しいというかなんというか……その、自信がなくなってきまして」

権藤さんは高熱にうなされているかのようなか細い声で答えます。

自信がなくなった……。モチベーション関係のトラブルです。これは技術的な問題や、時間的な問題よりもはるかにやっかいな問題です。

「どうして自信がなくなってしまったんですか？　私はすごく可能性のある作品だと思ったんですけど」

「もちろん僕もそう思ってたんですけど、修正点を見てたら、どうしようもない気がしてきて。こんなにびっしりと……」

「そんなことはないです。あくまでここを直したらもっと良くなるという提案で」

どうやら私が入れた赤の多さにショックを受けてしまったようです。

私にとっても初めての新人さん。ちょっと張り切りすぎてしまったのでしょうか？

「いや、指摘《してき》されてるところは別に異論はないんです。たしかにそうだよな、って思うんです。

でも……、こっちを直したら、逆にあっちがおかしくなって……、そこも直したら、今度は……、はあ」

権藤《ごんどう》さんは頭を抱えてしまいました。受賞していきなりスランプです。

やはり権藤さんは、神経がかなり細いタイプ。作家さんらしいといえば作家さんらしいのですが、さすがにこのまま出すというわけにはいきません。

「そんなに深刻に考えなくても、とりあえず、できるところから手直ししていただいて、また修正するべきところは修正すれば」

「そうなんですけど、どうしても手が動かないんです……、まるで見えない鋼《はがね》の糸で縛《しば》りつけられているかのように」

こんなところで無駄《むだ》な比喩《ひゆ》表現を用いているくらいなら書いてほしいのですが……。

どうすれば、やる気になってもらえるでしょうか？

私に思いつくことといえば……。

「あの、ご飯でも食べに行きませんか？　神保町《じんぼうちょう》ってカレーが美味《おい》しいんですよ」

こんな時は経費を使ってのご飯です。編集部の経費を使って神保町名物であるカレーを食べる。実に作家っぽさがあります。このプロっぽさでテンションを上げていただければと思ったのですが……。

「すみません。いまはカレーが喉《のど》を通らない状況で……」

「そ、そうですか」

カレーほど喉を通りやすい食べ物もないと思いますが……。

「他になにか食べたいものは？」

すでにデビュー確定の作家さんですので、それほど高いものでなければ大体経費でＯＫです。キャバクラに連れていけなどは一部の大物作家さんのみに許された特権です。

お酒はハタチを過ぎてから、キャバクラはメディアミックス企画が進んでから。これがギギ文庫における常識です。

「いえ……、僕みたいなものは食事をする資格はないです。僕はカロリーを取っちゃいけない人間なんだっ！」

またしても頭を抱える権藤さん。

カロリーを取ってはいけない人間などいません。むしろ私としてはぜひカロリーをとっていただきたいです。

「あの、落ち込んでいるなら、軽くでもご飯を食べたほうが……」

ストレス解消には美味しいものを食べるのが一番。私はいつもそうしています。

権藤さんにもなにか食べて、気分転換してほしいのです。

「ダメです。僕みたいなダメ野郎は、小腹が空《す》いても卵ハムサンドもしくはカツサンドを軽くつまむ資格はないです。ダメだ。ダメだ。せっかく賞に選んでいただいたのに、こんなんじゃ、雰囲気《ふんいき》がいい感じの喫茶店で、パンがちゃんとしたサンドイッチをつまみながら打ち合わせしてはいけないいんだ！」

「サンドイッチが食べたいんですね？」

私の言葉に頭を抱えつつも小さく頷《うなず》く権藤《ごんどう》さん。

単純にカレーでは重すぎたようです。おそらくなにか食べてから来たのでしょう。

神保町《じんぼうちょう》は出版社の街、喫茶店もたくさんあります。なるべくレトロでいかにもな喫茶店にご招待することにします。

◆

喫茶店にてサンドイッチを食べながら、権藤さんのお話を聞くこと一時間。

私は編集部へと戻って来ました。

出てくる話は泣き言に近い愚痴《ぐち》。

本を出すことのプレッシャー、自分は傷つきやすい性格であること、修正点を見ていたらどんどんやっていける気がしなくなってしまったこと。

基本的に編集部ですでに聞いている内容を巧みに表現を変えて、再三再四《さいさんさいし》、お伝えしてくれます。

さすが作家さん。愚痴にも表現力があります。

この力をちゃんと原稿に向かって発揮《はっき》してほしいのですが、そう単純にはいかないようです。

私にできることと言えば、権藤さんを励ますだけ。こちらも持てる表現力をすべて使って励ましの言葉を送ってはみたのですが……。

なかなか、その効果は表れず……。とにかく諦めないことだけは約束してもらい、今日はお別れすることになりました。

「どうしたらいいんですかね？」

私は頼れる先輩《せんぱい》である岩佐《いわさ》さんに相談を持ち掛けます。

ここまでの状況を話し、どう対応するべきか、教えを請います。

「張り切って赤を入れすぎたのでしょうか……？」

「うーん。新人さんはねー。繊細《せんさい》だからね。たぶんまっとうな指摘《してき》だからこそ自信がなくなっちゃったんだろうね」

岩佐さんはちょうど軽いお食事中。

今日はハンバーガーとフライドポテト。フライドポテトを咥《くわ》えている姿が、後輩《こうはい》から見てもかなりキュートです。

「あんまり箇所《かしょ》を多くしないで、控えめにすればよかったんでしょうか？」

「気にしなくてもいいんじゃない？　数は関係ないよ。ダメ出しでヘコむなんて、新人さんにはありがちなことだからさ。ねえ、栄吉《えいきち》さん」

岩佐《いわさ》さんは余ったポテトを栄吉さんに与えながら答えます。「ワヌッ」とひと鳴きすると、岩佐さんの手から直接ポテトを食べる栄吉さん。ネギは食べませんがポテトは食べるようです。

それはさておき……。

「ありがちなんですか？」

「そうそう、実は新人のほうがプライド高いんだよね」

「そうなんですか？」

私はちょっとびっくりしてしまいました。

私は普通にベテラン作家さんのほうがプライドが高いと思っていました。

「ベテランはね、打たれ慣れてるから。編集者のダメ出し、ネットでの酷評《こくひょう》、全部浴びるほど受けてるからね。プライドとかこだわりは捨てちゃってるんだよ。それはそれで面倒なんだけどね、あいつ、適当な仕事しやがって……」

岩佐さんは誰かを思い浮かべて鬼の形相《ぎょうそう》。キュートさが消えました。

……岩佐さんは岩佐さんでなにか問題を抱えているご様子です。

「私はこれまでベテランの方ばかり担当だったので、新人の方の気持ちが理解できてなかったのかもしれません」

私はちょっとしょぼくれてしまいます。

「うーん。でもその人ちょっと変わってるよね。普通は新人さんが凹《へこ》むのって、本を出した直後だけどね。デビュー作が書店に並んで、そこがピークになっちゃうパターンもあるね。その後、ネットの酷評とかでハートをやられちゃうタイプね。それで自信なくなって、次が出せなくなっちゃうの」

食事を終えた岩佐さんはお茶で食後用の漢方薬《かんぽうやく》をさらさらと流し込みます。岩佐さんはハートではなく肝臓をやられちゃうタイプなのです。

「権藤《ごんどう》さんもじゃあ、いま立ち直ってもまたデビュー直後に……」

「とにかく数字出してあげないとね。デビュー作の数字が出ないと、デフレスパイラルが起こるからね。当然、編集者もなんとかしないといけないから、テコ入れでダメ出しも多くなるじゃん。次作の企画も通りにくくなるし。本人はモチベーション落ちるじゃん。余計にダメ出し多くなって、授賞式も謝恩会も顔出しづらくなって、フェイドアウト」

悲しいスパイラルです。せっかく受賞してデビューしたのにそれではイヤな思い出しか残らないでしょう。

権藤さんにはそんなコースを歩んでほしくはありません。

しかし権藤さんはデビュー前にして早くもそのスパイラルに足を踏《ふ》み入れつつあります。

まずはいま立ち直っていただかないと。

「どうしたらいいですかね？　権藤さんにやる気を出させる方法はないですか？」

「そうだね……。私ならイラストレーターさんの候補を見せるかな」

……なるほど。ライトノベル作家を目指す方であれば、自分の作品にイラストがつくことは夢のひとつです。

基本的にどのイラストレーターに描いていただくかは、編集者が決めるのですが、イメージや好みについて作家さんにうかがうことは多いのです。

これはいい考えです。さすが岩佐《いわさ》さん。

——と思ったのですが……。

「それでね。そのイラストレーターさんの候補を見せるときに、ちょっと無理っぽいのビッグネームも候補に交ぜておいてテンションを上げる作戦があるね。ふたりぐらいビッグネームを嘘《うそ》で候補にするの。で、後でスケジュールが合わなかったって。本当に候補だったかなんて、絶対にバレないからね」

ずるい！　さすがは岩佐さん。悪い意味で！

もし私がラノベ作家だとしたら、それをやられたら見事に釣られる気がします。

自分の作品にアニメなどで名前を聞いたことのあるイラストレーターさんがキャラデザしてイラストをつけてくれるなんて、テンションが上がらざるを得ません。

そして、それがバレたときにはとっても恨《うら》む気も……。

まあバレることはないでしょうが。

「とにかく、頑張りなよ。このタイミングでやっぱり書けないとか、原稿の修正できないから、受賞辞退とか、ありえないからね。川の字のクビごとヤバいよ」

岩佐さんがさらりと恐ろしい情報をつけ加えます。

「やはり大事《おおごと》になりますか……」

「なるね。新人賞は注目度が高いし、それが受賞辞退となったらネットで騒がれてレーベルのイメージも大きくダウンするからね。そんなことになったら編集長が……」

岩佐さんはそこまで言うと、チラリと編集長に視線を送ります。

ちょうど編集長は浜山《はまやま》さんにお説教中。

全力で怒鳴っているのでこちらにまで声が聞こえてきます。

「あんたがこういうメール出すと、レーベル全体のイメージが悪くなるの。わかる？　レーベルのイメージは私のイメージ。それを悪くするヤツは」

そこまで言うと、編集長は小さな手を自らの首の前で横断させます。

「クビを切って、声帯を引きずり出し、弱火でコトコト煮込む！」

……想像していたよりも、さらに悪いお言葉。

クビまででいいじゃないですか。

しかもメールの文面が悪いだけでこの怒りっぷり。

もし新人さんの受賞作が出版できないことになったら……。

私の声帯はもはやないも同然です。

絶対になんとかしないと！

「あ、ありがとうございます。イラストの候補を見せる作戦やってみます！」

とはいえ、さすがに嘘《うそ》のビッグネームを交ぜる作戦はできません。私には荷が重すぎるのです。真面目《まじめ》に本当に候補になる人だけ選びます。

この作品に合うイラストレーターさんは……。

本格的で個性豊かなファンタジー、その世界観を表現できそうな方。キャラクターはもちろん背景もしっかりと描ける方がいいでしょう。そしてどこか切なさを感じさせるような……。可愛い系というよりは上手《うま》い方です。

何人かの候補が頭に浮かびます。

いずれ描いてほしいと思っていたものの、なかなか声をかける機会がなかったイラストレーターさん。他のレーベルの作品を見て、グッと来たイラストレーターさん。ピクシブで見て、印象深かった作家さん……。

それぞれのイラストレーターさんの私なりの印象。おすすめポイント。それにイラストが閲《えつ》覧《らん》できるURLを添えて、権藤《ごんどう》さんにメールします。

……これで少しでもモチベーションを上げてくれればいいのですが。

「川田《かわた》さんっ、メール見ましたっ！」

メールを送ってわずか三十分後、権藤さんから電話が掛かってきました。

普段からこのペースで折り返してくれれば、とっても助かります！

「それで、どうですか？」

「まず最初の人なんですけど、僕の世界観にかなり近いと思うんですね。でも女性の目の描き方の感じがですね。やや僕の好きなノリと違うかなと、二番目の方はですね……」

権藤さんはいままでにないほど、元気よくイラストの感想をまくしたてます。

あれほどしょぼくれていたのに……。

なんですかこのテンションは！　しかも、権藤さんのイラスト評はなかなか辛辣《しんらつ》です。自分は指摘《してき》されると、めちゃくちゃ落ち込むタイプなのに！

「と、とりあえず、希望の順をつけていただければ、その順に依頼を出していきますので。それで、どうですか？　モチベーションのほうは、修正作業を頑張れそうですか？」

「もちろんです！　燃えてきました。ガンガンやりますよ。俺の原稿がないと、イラストレーターさんにお願いできないですもんね。俺の世界観をまずは表現してやらないと」

俺!?　一人称まで変わっています。

メンタルが弱めなのに自信家。実に作家さんらしい性格です。

「素晴らしい原稿を期待してます。頑張ってくださいね」

権藤さんはまだまだ話したさそうですが、私は早めに電話を切ります。

このままだと、せっかく湧《わ》いてきた元気を、この電話ですべて消費してしまいそうな気がしたのです。

とにかくこれでひと安心、改稿作業を進めてくれる……。

そう思っていたのですが。


一週間後。

ギギギ文庫の打ち合わせブースで私は再び権藤《ごんどう》さんと対面していました。

すっかり安心していた私の元に、権藤さんからお電話が。

権藤さんは自分からは絶対に電話しないタイプの方。この時点でイヤな予感をひしひしと感じていたのですが、やはりお電話の内容は悪い意味で予想通り。

また書けなくなってしまったのです。

長い話になりそうでしたので、とりあえず編集部でお話を聞くことに。

「とりあえず、飲み物でも。なにか飲みたいものありますか？」

「いえ、僕は飲み物を飲む資格などありません！　僕はダメなヤツです！　ダメ人間日本代表です。世界に通用するダメ人間です！　アジアのダメ大砲です！」

またしても自信喪失《そうしつ》モードに……。以前よりもさらに落ち込み具合が増している気がします。

絵に描いたように頭を抱え込んで、髪を掻《か》きむしっています。

「落ち着いてください。どうしたんですか？　あんなにやる気になってたじゃないですか？」

「あの日は書けたんです。次の日も。それから徐々に書けなくなって……。いまでは、パソコンを開いても、ソリティアくらいしかできない日々に……」

ソリティアはやれるんですか……。いえ、原稿を書いてくれさえすれば、いくらでもソリティアをやっていただいて結構なのですが。

「改稿がある程度進まないと、イラストレーターさんも決まりませんよ」

本当はそんなことはないのですが、もう一度、イラストで釣ってみることにします。

「イラスト……」

「そうです。想像してみてください、自分の作品にイラストがついて、書店に並ぶところを。きっと素敵なイラストですよ。カラーの口絵も素晴らしいクオリティのはずです。モノクロもありますよ……」

「ううっ、イラスト、……イラストは見たい。でも書けない。ダメだ！　やはり僕はダメ人間だ。イラストを描いてもらう資格なんかない！　僕の本なんか野球部所属の中学生が適当に描いた絵がお似合いだ！　なんかやたらとほうれい線が強調された中学生の自画像がお似合いなんだ！」

……誰なんですか野球部所属の中学生って。そもそもそんなイラストはギギギ文庫として採用するわけにはいきません。

残念ながら、権藤《ごんどう》さんは重症のご様子。

不安になる気持ちはわからないでもないですが、ひたすら自分はダメだと言われても答えようがありません。

自虐《じぎゃく》も過ぎるとちょっと腹が立ってきます。

感情的になっているわけではありませんが、少し厳《きび》しい言葉も必要かもしれません。飴《あめ》と鞭《むち》です。飴であるイラストの甘みがなくなったのであれば、次は鞭。

「権藤さん、もうメンタルの話をしていられる時期は過ぎましたよ。気持ちがどんな状態でもプロなら書くしかないんです。それが商業の世界でやっていく作家さんだと思います」

やや厳しい口調で諭《さと》すように伝えます。

「……僕はプロとしてやっていけそうにもありません」

余計に落ち込んでしまいました。

予想をはるかに超えて権藤さんは鞭にものすごく弱いタイプでした。

私はプロとしての心構えを説き、プロとしての自覚を促しただけだったのですが……。

「私はやっていけると思っているから話しているんです」

私はまっすぐに権藤さんの目を見て話しますが、私と目が合うたびにさっと目を伏せてしまう権藤さん。

気まずい沈黙。その後、権藤さんから出た言葉は衝撃的なものでした。

「実は……今日……受賞を辞退しようかなって思って来たんです」

「なにを言ってるんですか！」

一瞬、自分のクビにヒヤッとした空気が流れたような感覚がありましたが、いまは編集長に怒られるとか、そんな問題ではありません。

「わかってるんです。僕がおかしいってことは。でも僕はこんな性格なんです。僕はこの性格のせいで、仕事も長続きしたことがないんです。本当にちょっと叱《しか》られたり、厳しく言われると後を引いてしまって、仕事に行けなくなったり。僕はそういうヤツなんです。どうせ今回もまた同じことに。それだったら早く見切りをつけたほうがいいんです」

権藤さんは吐き捨てるようにそう言います。

本当にそう思っているのでしょうか?

ちょっと自分に酔《よ》っているようにも見えます。自分をダメ人間だと称して卑下《ひげ》していますが、自分のダメさを逆に愛しているというか、それが自分らしさだと感じているのか。自分をはじめからダメなヤツと認定することで、安全圏に身を置いているというか。

もちろんそれは個人の自由です。どんな信条を持っていても構いません。

でも私は権藤さんを安全圏から引っ張り出したいのです。

本を出すということはこれから、批判にさらされ続けるということ。でもそれに耐えうる原稿を権藤さんは書いているのですから。

「ダメ人間とか、やっていけないとか、そういうのはもういいです。この世界ではそういうのは関係ありません。あなたがダメかどうか、やっていけるかどうかはすべて読者が決めるんです。どんな人でも、どんな性格でも、原稿がおもしろくて、読者が支持してくれればＯＫなんです。それがライトノベルの世界です」

「でも読者に支持されるようなものが僕に……」

「私は権藤《ごんどう》さんにその才能があると思っているから言ってるんです。私から見ても正直、権藤さんはすごくメンタルが弱くて、ちょっと危ない人です。でもやれると思っているから、こうしてお話ししているんです」

「そう簡単に人は変われないですよ」

「変わる必要はないです。ただのメンタルの弱い危ない人から、メンタルの弱い危ないライトノベル作家になればいいんです。この世界では個性です」

そもそも相手の人格に踏《ふ》み込むのは編集者としての仕事を超えています。

しかし、私はもはや仕事であることを忘れて、自分の気持ちを権藤さんに伝えます。

――なぜなら権藤さんの原稿に心を動かされてしまったから。

権藤さんがどんな人かなんて関係ありません。権藤さんの原稿に私はほれ込んでいるのです。だから最終候補として推薦《すいせん》し、担当を申し出たのです。

権藤さんのちょっと面倒な性格も、いい原稿の源となるなら、それは長所となるはずなのです。

「僕は本を出したら出したでまたヘコみますよ」

「大丈夫、私が守ります！」

私は大してない自分の胸を叩いて、任せろとアピールします。

権藤さんはそんな私をじっと見つめています。

はじめて目を合わせてくれました。

「ふふっ……危ない人ですか、正直傷つきましたけど……そうですよね。僕は危ない人です。わかりました。危ないラノベ作家になってみせます」

「やりましょう！」

私は自分の手を差し出します。それを権藤さんも恥ずかしそうにではありますが、握《にぎ》り返してくれました。

編集者と作家、タッグの成立です。

おそらく権藤さんは今後私の残業時間をたっぷりと延ばしてくれることでしょう。それでも大歓迎です。

中学生の頃《ころ》に読んだ名作の数々、それに負けないライトノベルを世に出す。それが私の夢です。

そして権藤さんとなら、その可能性を感じるのですから。

権藤《ごんどう》さんはもう投げ出さないと約束して、編集部を後にしました。

今度こそカレーをと思ったのですが、すぐにでも原稿に取り掛かりたいそうです。それならば邪魔《じゃま》をしてはいけません。

私は権藤さんをエレベーターまで見送り、編集部に戻ります。

ほっとひと息、軽くコーヒーでも。

そう思っていたのですが……。

「どうだった？　なにさんだっけ？」

待ち受けていたのは編集長でした。

なぜか、権藤さんがいた席に編集長が座っています。

編集長は敏《さと》い方です。おそらく私と権藤さんが激論を交わしている雰囲気《ふんいき》を察知して、状況を確認しに来たのでしょう。

「なんとかなりました」

「ああ、そう。川田《かわた》はまだまだ頼りにならないからね。不安で仕方ないな。作家にはね、飴《あめ》と鞭《むち》が大事だから。飴と鞭、それからこん棒とナイフ。拘束具《こうそくぐ》とペンチ」

……なんだか鞭サイドのアイテムが多いです。

もちろん飴と鞭同様に、例えなんでしょうが、編集長が言うと物理的に使用しそうな気がして怖《こわ》いですし。

「ちゃんと改稿作業を進めることを約束してくれましたから」

私は無事に立ち直ったことを報告したのですが、なぜか編集長は不満げに「ちっ」と舌打ちします。

「ああ、そう。これ以上、ガタガタ言うようだったら、私が出て行ったのにね。ちょっぴり残念。久しぶりに作家の歯がカチカチ鳴るところ聞きたかったな」

なんてことを言う編集長でしょうか！

編集長はその姿を思い浮かべているのか、それとも編集長なりのジョークだったのか、ケラケラと笑っています。

権藤さんを危ない人だと言いましたが、やはりそれは失言でした、はるかに危ない人がここにいます。

私は権藤さんを本物の危険人物である編集長からなるべく遠ざけようと誓《ちか》うのでした。

桃香のライトノベル用語解説

【初稿赤字戻し】

川田「作家さんからいただいた初稿はまず担当編集者が読み、修正点を赤のペンなどで書き入れます。これが『初稿赤字戻し』です。誤字脱字はもちろん、内容に関しても修正の提案をします。場合によっては原稿が真っ赤になるほど。作家さんはそれを見ると気が遠くなるようです」

岩佐「こっちだって気が遠くなってるんだけどね」

10

「大晦日にお疲れ、これでも食べな」

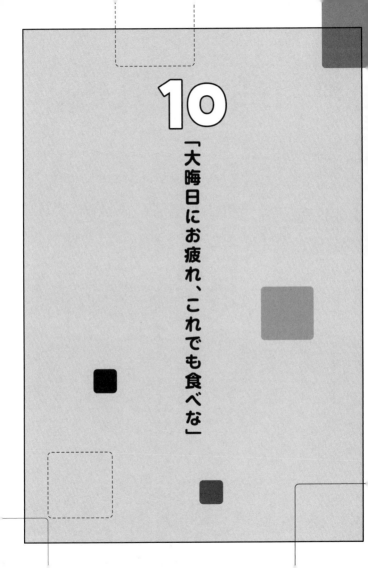

十二月三十一日、大晦日《おおみそか》。

どこに出しても恥ずかしくない、キングオブ年末です。

通常の会社であれば当然休日。出社したくない日で一月一日に次いでおそらく二位に入るであろう日です。

そんな大晦日の午後八時、私はやはり編集部にいました。

「さすがに寒いね」

岩佐《いわさ》さんは自分の椅子《いす》にコートをかけ、続いてふわふわのマフラーを外します。

編集長の圧力で今日も休日出勤……。

そういうわけではありません。

ギギギ文庫がコミックマーケット、冬コミへ出展しているためです。

ライトノベル業界はコミケとの親和性《しんわせい》が非常に高いジャンル。多くのレーベルが企業ブースで様々なグッズを販売しています。ギギギ文庫編集部員もまたコミケ開催中は交代で出勤し、ブースでのグッズ販売の管理を行います。

またコミケにはお仕事させていただいているイラストレーターさんがたくさん同人誌の販売を行っています。そちらへの挨拶《あいさつ》回り、そして今後お仕事をしたいイラストレーターさんにもご挨拶を……。

基本的にこの業界では年末は休みであるとの認識はないのです。漁師の方が明け方から働いているように、サンタさんがクリスマスに休まないように、ライトノベル編集者は年末は休みません。昨日は星井《ほしい》さん、浜山《はまやま》さん。今日は岩佐さんと井端《いばた》さんと私……。

……編集長さまはもちろんお休みなのです。

いまごろぬくぬくとコタツに入って、『大晦日だよ[redacted]えもんスペシャル』でも観ていることでしょう。

編集長は明日はお年玉をもらうのでしょうか……？

「ふう……重いンゴ」

井端さんは疲労感のある足取りで、自分の席へと戻ると、残っていたチラシを自分のデスクの上投げるように置きます。

チラシの残量はごくわずか、そんなに重いはずは……。

井端さんは両手に紙袋《ショッパー》を抱えています。その中身は当然コミケの戦利品の数々が詰まっていることでしょう。どう考えても重いのはそちらです。

完全に私物です。

「井端さん、もしかしてサボってました？」

そう言えばあまりギギギ文庫の企業ブースで井端さんの姿を見なかったような……。

こっちは必死にグッズを販売していたのに。

「……挨拶回りで貰ったんよ」

「こんなにはくれないでしょう……」

たしかにご挨拶《あいさつ》していると、同人誌をいただけることもありますが、そんなレベルの量ではありません。ちゃんと保存用と観賞用で複数ありますし。

「……ウチほどの編集者になると、みんな、自分の作品を受け取ってほしくて向こうのほうから集まってくるんよ……断っても断っても……」

「言ってて虚《むな》しくないですか?」

当然ながら嘘《うそ》です。井端《いばた》さんはきっちり並んで購入したことでしょう。

「だって、お祭りなんよ。ビッグイベントなんよっ！　なんでウチだけサイン本とか、やたら高いプリマ[redacted]を売らなきゃいけないの！　目の前にお宝があるンゴよ！」

「井端さんだけではないです……」

もう完全に開き直っています。何気にプリマ[redacted]をディスっていますし。

[redacted]グラフィとは高精度の印刷機でプリントしたイラストです。価格はギギギ文庫のものは大体二万五千円。確かにお手頃とは言えませんが、イラストレーターさんに描き下ろしていただく数量限定の物ですし、直筆サインも入っています。額縁などもかなりの高級品を使用しているらしいですし……。別に暴利で利益を得ているわけではないのです。

とはいえ、井端さんは先輩《せんぱい》。私はちょっと注意してもらいたく、さらに先輩である岩佐《いわさ》さんに視線を送るのですが……。

「まあ、いいじゃん。大晦日《おおみそか》だよ。川の字は真面目《まじめ》すぎ」

岩佐さんは、そう言いながら、脚でそっと紙袋を机の下へと追いやっています。紙袋の中には薄い本が何冊か見え隠れしていたような……。

「岩佐さんまで！　どうも私の労働量が多い気がして変だなって思ってたんですよ。休憩時《きゅうけい》間がほとんどなかったんですよ」

今日は三人のうちふたりが稼働《かどう》、ひとり休憩の態勢で回す予定でした。

よくよく考えると、私がほぼずっと稼働。岩佐さんと井端さんは五割休みの計算になります。

さぞかし薄い本の収集がはかどったことでしょう。

「まあまあ。これあげるンゴ」

井端さんはそう言うと、私に戦利品の同人誌の一冊を差し出してくれます。

お詫《わ》びの印ということでしょうか。

その内容は……。

ぱらりとページをめくると……。

ゴリッゴリのＢＬです！　これはいけません。どんなものか説明するのもはばかられます。

「わ、わ、私は結構ですっ！」

相変わらず私は下ネタとエッチなものは苦手です。

ちらっと見るだけでも顔が真っ赤になってしまいます。

ライトノベルレーベルの編集者としてはちょっぴりエッチなシーンのイラストをお願いすることも当然ありますので、こんなに耐性がないのはマズいとは思っているのですが、どうしても慣れることができません。

「ほれ、ほれっ！　お詫《わ》びの印ンゴ！」

井端《いばた》さんは完全に調子に乗っています。私が目を背《そむ》けるとわざわざその方向に回り込んで、見開きのＢＬを……。

それを避けて反対側を向くと、なぜか岩佐《いわさ》さんが別の薄い本を開いて待ち構えています！

「なんで岩佐さんまで！　もういいです。わかりましたから、もうっ！」

結局は私が折れるしかありません。

まったく困った先輩《せんぱい》たちです。

視界のすべてをＢＬで覆われる、どんな大晦日《おおみそか》の儀式ですか！

「まあ、まあ、機嫌《きげん》直しなよ。いいのあるよ」

岩佐さんは私の肩に軽くタッチしながら、デスクの上に紙箱をひとつ上げます。

「またＢＬですか？」

「川の字、疑心暗鬼《ぎしんあんき》になりすぎ。箱見たらわかるでしょ。ケーキだよ」

たしかに誰がどう見てもこれはケーキの箱です。

開けると、中にはモンブランが三つ、非常にデコレーションも凝《こ》っていて、いかにも高級店のモンブランといった佇《たたず》まいです。

でもどうしてケーキがあるのでしょうか……？

「なんと、編集長からだよ！」

岩佐さんは驚きの事実を明かします。

「今日、編集長、いらしてたんですか？」

「川の字が必死にクリアファイルを売ってるとこに、ちょこっと顔出してたよ。それで、『大晦日にお疲れ、これでも食べな』って置いてったよ」

……あの編集長がそんなお優《やさ》しい言葉を。

いつも恐怖の権化《ごんげ》のような幼女ですが、やっぱり最後の最後には部下を慈《いつく》しむ気持ちがあるのですね……。

ありがとうございます。編集長。これからもついていきます。

「まあ、これくらいで釣られるチョロい人間はうちの編集部にはいないけどね」

「コミケの差し入れで生菓子っていうのもどうかと思うんよ」

ドライ！　岩佐さんと井端さんはとってもドライな方でした。私がすっかり釣られていたのが、恥ずかしくなります。

「まあまあ、善意《ぜんい》は素直《すなお》に受け取りましょうよ。それに、とっても美味《おい》しそうです」

なにを隠そう私はモンブランが大好きです。

ケーキの中でもダントツの一位。

それが誰に与えられたモンブランでも関係ありません。

「そうだね。これまでの所業《しょぎょう》を考えたら、ケーキのひとつやふたつで釣られるわけにはいかないけど、美味《おい》しそうなのはたしかだよ」

岩佐《いわさ》さんは文句を言いつつも視線はモンブランに釘《くぎ》づけ。もう舌もペロッと出てしまっています。

「じゃあ、飲み物の準備しますね。お茶、コーヒー、紅茶、なにがいいですか?」

「「ハイボール」」

岩佐さんと井端《いばた》さんの声が申し合わせたようにシンクロします。

「モンブランにハイボール。……合いますか?」

「合うとか合わないいじゃないんだよ。ハイボールは前提なんだよ。まず飲む」

岩佐さんはそう言うと、まっすぐ冷蔵庫に向かい、ハイボールをふた缶取り出し、流れるような手さばきでひとつを井端さんに手渡します。

とりあえず私は紅茶でいただくことにしましょう。まだ私にはモンブランとハイボールの合わせ技は早いです。

「さあ、食べましょうか」

私は三人に飲み物が渡ったところで、そう宣言します。

なんの無理もない流れのはずなのですが……。

「そうだね。食べよう」

「美味しそうなんよねえ」

と、言いつつふたりともモンブランに手を伸ばしません。

「どうしたんですか？」

「川の字、先に食べなよ」

「さすがに先輩《せんぱい》より先はちょっと気が引けますよ。どうぞどうぞ」

「……じゃあ、食べようかな」

と言いつつ手が出ない岩佐さん。

「どうしたんですか？　ダイエットですか？」

「違うんだけど、編集長がこんなに優《やさ》しいのが怖《こわ》くて……」

「毒を警戒してしまうんよね」

「なにを言ってるんですか！」

なぜ大晦日《おおみそか》にもかかわらず一日企業ブースで頑張った部下を亡き者にするのですか！

どう考えても、ねぎらいのモンブランです。

「頭は理解してるんだよね。そんなわけないって。でも身体が。特に右肩が本能的に。これを食べたら、その代償《だいしょう》でどれほどの重労働が……」

岩佐《いわさ》さんはなぜか苦悶の表情を浮かべています。

明らかに考えすぎです！

「じゃあ、私、お先にいただきますね」

このままではモンブランを見つめたまま、ふたりはハイボールを飲み終えてしまいそうです。

失礼ながら、先にひとついただくことにします。

三つあるモンブランのひとつを皿へと移し、フォークで軽くカットして、まずはひと口……。

「美味《おい》しいっ！」

そのモンブランはいままで食べたモンブランの中でもダントツの美味しさでした。

毒どころの話ではありません。

しっかりと甘いのに、全然クドくありません。なんて上品な甘み……。さすが編集長、さすがグルメな幼女。冬コミで疲れた身体にモンブランの栗の風味が染み渡ります。

まさに至福のひとときです……。

私の美味しそうな顔に釣られてか、それとも身体に異常が起こっていないことを確認してか、岩佐さんと井端《いばた》さんもモンブランに手をつけます。

「美味《うま》いンゴ！」

やはり井端さんにとっても衝撃の味だったご様子。

ひと口食べるたびにのけ反っています。

おつかれ
PATISSERIE

岩佐《いわさ》さんもなぜか悔しそうな顔をしていますが、フォークは止まりません。

「我々の血と汗が吸い取られ、このモンブランになってると思うと……、クッ、美味《おい》しい……」

そういうわけでもないと思いますが。

それはさておき、女子三人の前に美味しいモンブランがあれば話は弾むしかありません。

我がレーベルの看板作品『我ガイル』のグッズの売れ具合や、普段の愚痴《ぐち》、浜山《はまやま》さんの失敗談。とめどもなく話は続きます。

そうこうしている間に時刻はすでに午後十一時。

恐ろしいことに、今年もあと一時間となってしまいました。

ほんのりと頬《ほお》を染め、時計を見つめる岩佐さん。どうやらしみじみと今年一年を振り返っているご様子です。

「いやー、酷《ひど》い一年だったね」

岩佐さんの一年の総括は切ないものでした。

まあ、私が振り返っても、ギギギ文庫に配属されて以来、いろんなことに振り回されて、嵐《あらし》のような日々でしたが……。

「来年はもう少し余裕ができるといいですね」

「できるわけないじゃない。ギギギ文庫って編集者の断末魔からつけられたレーベル名なんだから」

なんと絶望的《ぜつぼう》なお言葉。

なにより、その言葉がおそらく真実であることが恐ろしいです。

今ですら、ほぼすべての時間、編集部で過ごした気がするのに……。

「まあ、なんとかなるか」

岩佐さんはそう言うとちょっと観念した様子で缶に残ったハイボールの残りを飲み干します。

そうです。なんとかなるはずです。

除夜《じょや》の鐘《かね》がかすかではありますが、聞こえ始めました。

「どうせなら、初詣《はつもうで》なんてどうですか？　いまから並べば、済ませて帰れますよ」

「そうだね。どうせならね……。ひとつお祈《いの》りしようかな」

いたって普通の返答なのですが、岩佐さんの目が怪《あや》しく輝いています。

とてもではありませんが、初詣に行く人の目ではありません。

「物騒《ぶっそう》なお願いはダメですよ！」

「え、なにが？　そんなことしないよね、イバっち？」

「もちろんなんよ。私たちは誰の死も望んでないンゴよ」

「もう！　いいから行きましょう」

これ以上話すと本当に物騒なことをお願いしそうなふたりです。

私は強制的に話を打ち切り、率先して今年最後の編集部を後にしたのでした。

あとがき

担当編集、岩浅《いわあさ》様、イラストを描いていただいたクロ様、そしてなにより手に取っていただいた読者の皆様、ありがとうございます。お礼申し上げます。

そして本物の編集長様。

すみません。

すみません。すみません。すみません。すみません。すみません。すみません。すみません。

すみません。すみません。すみません。すみません。すみません。すみません。すみません。

すみません。すみません。すみません。殺さないで。すみません。すみません。すみません。

すみません。すみません。すみません。すみません。すみません。すみません。すみません。

すみません。すみません。すみません。すみません。すみません。すみません。すみません。

すみません。すみません。すみません。すみません。すみません。すみません。すみません。

すみません。すみません。すみません。すみません。すみません。すみません。すみません。

すみません。すみません。すみません。すみません。すみません。すみません。すみません。

すみません。すみません。すみません。すみません。すみません。すみません。すみません。

すみません。すみません。すみません。すみません。すみません。すみません。すみません。

すみません。すみません。すみません。すみません。すみません。すみません。すみません。

すみません。すみません。すみません。すみません。すみません。すみません。すみません。

すみません。すみません。すみません。すみません。すみません。すみません。すみません。

すみません。すみません。すみません。すみません。すみません。すみません。すみません。

すみません。すみません。すみません。すみません。すみません。すみません。すみません。

すみません。すみません。すみません。すみません。すみません。すみません。すみません。

川岸殴魚《かわぎしおうぎょ》

GAGAGA

ガガガ文庫

編集長殺し

川岸殴魚

発行　2017年12月24日　初版第1刷発行

発行人　立川義剛

編集人　野村敦司

編集　岩浅健太郎

発行所　株式会社小学館
〒101-8001 東京都千代田区一ツ橋2-3-1
[編集]03-3230-9343　[販売]03-5281-3556

カバー印刷　株式会社美松堂

印刷・製本　図書印刷株式会社

Printed in Japan　ISBN978-4-09-451714-9